男人是动物 女人是植物

これだけ違う 男と女

渡边淳一 著

姚东敏 译

青岛出版社
QINGDAO PUBLISHING HOUSE

目 录

PART ❶
男女各自那点事儿

话题 1　男人,是人,也是雄性动物 / 002

话题 2　迷恋女人的男人心声 / 011

话题 3　爱情诚可贵,金钱价更高 / 020

话题 4　不擅恋爱 / 027

话题 5　一心往前看的女人 VS 爱念旧的男人 / 035

话题 6　女人不允许出轨,也绝不会出轨 / 043

话题 7　满足于婚外恋的男人和无法满足的女人 / 052

话题 8　女人希望独占男人时 / 060

话题 9　男人都有恋母癖 / 068

话题 10　恋爱是两人共创理想关系的过程 / 076

PART ❷
形形色色爱的形式

话题 11　潜伏在"萌"热潮里的男性性欲 / 086

话题 12　追求双膝跪地的女人的男人们 / 095

话题 13　让男人发情的女人之罪 / 104

话题 14　适应障碍方面的男女差别 / 112

话题 15　亲子乱伦的预备役们 / 120

话题 16　现在流行的"纯爱"是"幼稚爱" / 128

话题 17　被"这是最后的恋情"所逼迫的男人们 / 136

话题 18　为什么查尔斯王子会被卡米拉夫人拿下？ / 144

PART ❸
性的深度和怪异

话题 19　迎来出轨十二年的人妻 / 154

话题 20　不是不伦，只是婚外恋 / 163

话题 21　没有性生活，男女谁之过？ / 171

话题 22　名为"性爱"的劳动 / 180

话题 23　男人的孤独希望有人倾听 / 188

话题 24　最后回归妻子那里的男人的心声 / 196

话题 25　退休即变的夫妻关系 / 204

话题 26　追赶不上离婚理由的现代民法 / 212

话题 27　《爱的流放地》中极端的爱情形式 / 220

话题 28　形形色色婚姻形态的时代到来了 / 230

后　记 / 239

PART ❶
男女各自那点事儿

―――――― 女1个人资料 ――――――

　　现年44岁。女子大学毕业后在中央公论社做行政，隶属于《妇人公论》编辑部。2011年开始负责渡边淳一先生的相关事务。整天被人问起"渡边流男女论·恋爱论"，男女之间那些事也听了不少。结果成了剩女。从年轻时起，周围就多是些年长的男人，颇受中年男子欢迎，同龄男性反而退避三舍。还被不明身份人士尾随过好几次。着实觉得男人麻烦。尽管如此，现在也在恋爱中。和女2有很多意见不合的地方，通过这次对谈才知道她的想法偏男性化。深切认识到女人形形色色，不像男人那样千人一面。对女人常有的"对男人宽容"才能"受男人欢迎"这种弱势想法持怀疑态度。深知男人这种生物喜欢凭本能行事，非常重视性爱。承认客观存在的差异才能构筑起良好的关系。希望谈一场不拘泥于"男人就是这样，女人就是这样，结婚、男女交往就该是这样"这种模式固化的恋爱。追问："人啊，到底什么才是最重要的呢？"

话题 *1* / 男人,是人,也是雄性动物

我家的猫最近生了小猫咪。可不知道小猫咪的爸爸是谁。发情期好多公猫凑过来,现在却一只都不见踪影了。

只负责播了个种啊。

动物嘛,也没办法。公的不负责任。

的确如此,人类的本性大抵也与此相近吧。

嗯?人还是不一样的吧?

女人可能不了解,男人对雄性动物的上述行为某种程度上是有共鸣的。你们对小猫小狗脏着爪子爬进家里也没办法真生气吧?

嗯,动物嘛。

可男人要是那么干,就要发火了吧?

那倒是的。

所以男人也不会那样做。但是像性这种从根本上来说接近本能的行为,男人和雄性动物是类似的。实际上,男人也确实和公猫公狗一样,一见魅力四射的异性就特别想发生性关系。再说句真心话,就是只想做场爱,然后装没事儿人逃之夭夭。

什么?!

什么?!

这话没法堂而皇之大声讲(笑),我也盼着有这么一出。不过在人类社会,这么做会被指责行为卑劣、不道德。虽说不是什么好话,但做了就逃这事儿不光是公猫,包括人在内,是所有雄性动物的共同愿望,只有人才会要求和发生性关系的雄性在此之后都要保持精神上和生理上的关联。

让对方怀孕后,要在长达数十年的时间里忍受妻子的各种麻烦。努力和人类的本能拧着劲儿来,得多辛苦啊。

那不是理所应当的吗?

作为人来讲,那是当然的啊。

是这么回事,不过并不是说我们非要找个光鲜的借口,麻烦大家考虑一下人类的本能。从这个角度看,大家都过于把人类和其他动物区别对待,把人类看成太过优秀的生物了。

确实,人类和其他动物相比,智力更发达,更加擅用手脚,创造出了独树一帜的高度文明。但是从性的原点上考虑,人类也是动物,这一点是亘古不变的。在所有层面上都把人和动物区别对待,从某种意义上来说太过拔高了。

可人和动物不一样,人是有理性的啊。

人要是仅凭理性控制行为,就不会发动战争、杀人越货了。即使现代社会的人也是七三分吧,有些人较之理性更爱凭本能行事。至少男人经常审视自身,发现自己果然还是雄性动物啊。

说老实话,和同是人类的女性相比,男人在感觉上和雄性动物更加相近,更有亲近感。

 您是说和人类女性相比,男人更接近公猫公狗?

 又开这种玩笑。(笑)

不,不是开玩笑。男人是下半身思考的动物,很容易和雄性同类产生共鸣。这是很多男人的共识,你们试着问问周围的男士就知道了。

真是难以置信。至少女人不会认为自己和雌性动物相似。

动物是动物,人是人。

像你们啊,等经历了怀孕、生孩子以后,想法也会多少发生一些变化吧。或许有时也会意识到自己也有动物性的一面。怀孕啊、产子啊这些能力,不论人还是猫,原本就是雌性独有的啊。

人类男女长相类似,言语互通,容易被认为各方面相近,但其实生孩子的一方和不生孩子的一方,不论意识上还是行为上都完全不一样。动物可以按各自的种族来区分,偶尔把雄性和雌性二者捆绑起来考虑,人类男女间的不同大概也就能够了然了。

这么说来,人类男性里也有缺乏责任心的人呢。和交往的女性有了孩子,却逃之夭夭之类的。

是的是的(笑)。人偶尔也会率性而为。

可只有男人会那样呀。女人才不会干那种没有责任心的事呢！就算有了孩子，独自一人把孩子抚养成人的也大有人在。可不能跟动物混为一谈。

那倒不是，在母爱这一点上，动物里比人类女性母爱更强烈的也很多，因为普遍都是雌性养育幼儿。大致上，女人迷上落跑男纯属超越理性，是本能导致的业障，也不是什么好骄傲的事。（笑）

人类中的雄性也是每天都在战斗

想来怀孕、生孩子、育儿这些繁重的事情，全都是女人的工作。

哪有，男人也有女人意识不到的辛苦和忧虑。

是吗？

比如，在狮群里，不仅抚养幼狮，连捕获猎物也是雌狮在做。要说雄狮在做些什么，表面看起来好像它们只是在四处逛荡，但一旦到了交配时，可是玩了命地上。存留的体力全都用在交配上了。这对种族存续来说非常重要。一旦无法交配了，就会被雌狮弃若敝屣，甚至得不到食物。

那也没办法啊。

再者，有外来入侵者时，雄狮还起着搏命守护族群的作用。而且最初还要组建起自己的族群，这也并非易事。为了博得雌狮欢心，雄狮之间还要经历血淋淋的争斗。雌狮冷眼旁观争斗，最终只会和获胜的一方交配。

如果生下遗传了弱质遗传基因的幼狮,又要抚养其长大,又要保护其不受外敌侵害,雌狮的负担会大大加重。因此她们选择尽可能地接受强大的遗传基因。这是生物得以延续物种的基本原理。

可这样一比,人类雄性就轻松多了呢。既不用守护族群免受敌人攻击,又不用彼此之间你争我斗,拼个你死我活。

男人也要守护自己的族群啊。远古时期是到外面狩猎带回来,现在是每天拼命工作,工资上交家里。跟其他动物一比,人类雄性有点过于拼命了。被老婆撑着去公司挣钱,回来还得保护好家庭、上床交公粮。(笑)

其实也就是不用抛洒热血了,背地里还不是得围着女人转圈,厮杀鏖战。再没有什么生物可以像人类女性这样,林林总总、大事小事都让雄性去你争我夺的了。你们心里也有一把尺的吧?

我可没那么寻思。

可是,约会时,根据对方带去怎样的地方,已经在心里打分了吧?比如相较于只会去酒吧的A男,还是带去高档餐厅的B男比较好之类的。或者相比C男,还是D男说话更幽默风趣啊,礼物更有品位啊。这些跟雌狮引起雄狮互斗是一个道理。

不过人类女性可不像动物那样,只懂得选身强力壮的男性。

那只是因为人类判定胜负的标准比较多元。未必单单是经济能力,还有帅气与否啊,心地是否纯良啊,床上技巧棒不棒啊,在一起是否合脾气啊等等,价值判断的标准很宽泛。不过归根结底都是想让自己感觉舒服,从这个意义上来说,人和狮子没什么两样。为了得到理想的雌性,人类的雄性也是整天苦苦争斗、腥风血雨。(笑)

辉夜姬是个过分的女人

具体一点,多个男人争抢一个女人时会怎样呢?

拔腿就往高档酒店带啊,送送礼物啊,迎合那个女人的喜好,尽己所能为她做一切可以做的事。

拿钱说事儿呗。

钱就是有说服力啊,先是各种献殷勤,一旦发现还是别的男人更有优势,立马开始说这个男人的坏话。

那也太卑鄙了吧。

男人本来就是嫉妒心极强的生物。为了打压竞争对手不择手段。喜欢的女人如果被自己下面的人捷足先登了,可以不动声色地在工作中让那个下属吃闷亏。

比动物还是客气多了。(笑)

不过是因为有知识有文化而已。要是知道大势已去,为了守住面子,不排除早早炒人鱿鱼的可能。男人之间聊起来,觉察到没有胜算就会自动放弃。就跟牛似的,犄角对峙个两三回,知道深浅就不会死战到底了。不管怎么说,男人之间常常通过各种形式明争暗斗。

雄性的宿命就是战斗呐。

没错儿。不参与战斗的雄性慢慢被淘汰。自己觉得"已经不需要出人头地了",回过神来时常常已经到了无家可归的地步。那也不失为一种活法,只是难以获得女性的认同。读了《竹取物语》,女人就对如何甄选男人了如指掌了。

辉夜姬不是给求婚的人出了各式各样不可能完成的难题吗?什么取来龙头上点缀的五彩珠玉啦,什么拿来燕巢里的子安贝啦。(笑)

 真有这样的。贵公子为求美人,去摘悬崖上盛开的花之类的。

又有多少因此而从悬崖上掉下来痛哭的男人呢。说什么都没用,辉夜姬最后还是没跟任何一个人结婚,回到月亮上去了。提出诸多要求,惹得男人们一个个像热锅上的蚂蚁,却一指头都不让碰,这女人在男人看来实在是过分。(笑)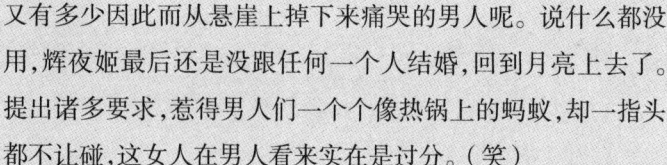

不过,所谓的民间故事,恰恰一针见血地道出了人性的本质,刻画出了女人典型的姿态。

 我可没读出这一层意思。

那是因为你没站在男人的立场考虑过。你想过忙前忙后却被甩了的男人有多惨吗?就算是动物,战败方也是满怀悲情地远去,人类男子也会独自哭泣的。

 会哭啊?

尤其是喜欢的女人被其他男人抢走时,打击是很大的。不让自己一亲芳泽,却让别的男人染指。欲望没能得到宣泄之外,带来的是强烈的挫败感。这样的失败次数多了,有时会走上犯罪的道路。

还和犯罪联系上了?

暴力犯罪的深层次原因可以看成是欲求不满。性冲动无法得到满足,对男人来说是苦不堪言的,男人的这种凄苦和悲哀,女人是不会懂的。

男人又没把这一面展示给我们,我们哪里知道?又没像狮子那样实打实地流血见红。

就是啊,不过是说说而已。

试想一下被甩的男人在你面前嘤嘤哭泣……

啊,画面太美不敢看。

那也太任性了。就算让你们看到那一面,对心情也毫无帮助啊。通常女人明明伤害了男人,还一脸无辜。只顾自己,毫无反省之心。(笑)

我可能真做过比较过分的事。

现在想来,真是对不住人家呢。

还是有所反省的啊(笑)。嗯,有时候,还是有必要返回原点想想。人类的确创造了光辉灿烂的文明,但不论男女,在本质上仍然保有动物性。从根源上来说,和其他动物是共通的,这一点不容遗忘。

可是,先生,仔细想想,也没什么过分的啊。选更好的雄性是雌性的本能啊。

对啊。女人也是动物,这是没办法的事啊。

你们刚刚不还说女人不是动物的嘛(笑)。怎么能随心所欲地一会儿是人一会儿是动物呢?女人果然个个都是狠角色辉夜姬,同样是人,还是搞不定女人啊。(笑)

话题 2　迷恋女人的男人心声

之前说了那么多,总而言之,男人就是想和尽可能多的女人交往嘛。

前提也得是能做到——那么当然想和多位女性保持关系。雄性的本能就是想向多位雌性散播精子。常听到"几人斩"这样的说法吧？能和多位女性发生关系是男人骄傲的资本,在男人中间也会博得赞赏的目光。

我想现在日本五十岁以上的男人平均都和两三个妻子以外的女人发生过关系吧？这种不是靠金钱的买春行为,问题关键在于和几位普通女性发生了关系。这个数字在男人中间是项评判标准。而且和女人发生关系能带来征服的喜悦感。和十个人发生关系就是征服了十个人。

女人可没觉得是被征服了哦。

确实,这只是男人单方面肆意的想法(笑)。反之,正如有"一穴主义"这个词用来评价忠诚度一样,其背后还不是满是轻蔑？可以说,只和自己老婆上床的男人多少有些悲哀……

所以啊,男人总是一个接一个地追求女人。

还有人同时和多个女人交往。

现实中要实现这种可能性,需要付出非同寻常的努力,需要有这样的期望。谈到理想,当然是像源氏那样,同时和很多美女

011

发生关系了。

 这样和多位女性交往的情况下,还分个优先顺位吗?

这一点你读读《源氏物语》就明白了。源氏是当朝第一大帅哥,兼具天皇私生子的地位和经济实力。要说源氏的最爱是谁,毫无疑问当然是紫上了。

即使在四个女人同住的同一高墙环绕的六条院宫邸里,也是让紫上住在最美的春宫里,庆生、逢年过节的那些庆典也全在那里举办。仅次于紫上的是夕颜了吧。再次是不是就轮到明石了呢? 然后……

 为什么需要那么多女人呢?

 太过分了!

所谓《源氏物语》,其实就是讲述一个有妻子的男人如何同时和多位女性交往,即放大版的出轨故事。反过来看,这么一个故事恰恰为广大不齿于婚外情的女人所喜闻乐见,这也是让人百思不得其解的。(笑)

 女人是把一个个故事当成一个个单纯的恋爱故事来看的。

这种阅读方法也太肤浅了。书中笔法精妙地描写了众多女性因为源氏的多情花心而心生嫉妒并为之所苦的情景吧? 这样的故事被奉为国民文学,可《查泰莱夫人的情人》却引起轩然大波,不为世人所容,这也太奇怪了(笑)。说到底,对源氏来说,紫上是他自己一手打造出来的理想女性,因此对待她也跟其他女人不同。

可源氏拥有紫上的同时,还在不停地和其他女人谈情说爱。

话虽如此,不过一旦紫上不悦,源氏就慌了神,拼命解释,博回她的欢心,比如"还是你最好,你一对我冷淡,我就生无可恋了"。做出追悔莫及、唉声叹气的样子。

他对其他女人从没那么上心费神过。从源氏开脱言辞的卖力程度看得出他对这个女人爱怜的程度。实际上,对于源氏来说,紫上是个不可替代的女人。所以当紫上对源氏的花心彻底绝望、出家、去世之后,源氏也变得郁郁寡欢了。

男人爱出差

真那么喜欢一个人的话,别三心二意的不行吗?

猫蹲那儿一动不动,一会儿之后,爪子会慢慢伸出来吧?

是的。

一伸出来,就得找点什么抓抓挠挠。

是呢。

男人也是一样,老跟一个女人待在一起,爪子就伸出来了。也就是说,追求新鲜事物的欲求让人心痒难耐。这种时候,眼前一有美女晃过,立刻心想"啊,来了来了",飞扑过去。我们的困扰是,上天给男人注入了"花心"的遗传因子,也着实是个麻烦事儿。往往就是被这股力量推着走上了"过去看一下"的道路。

女人最讨厌男人拈花惹草了,这样很容易失去重要的人哦。

男人明知有这风险,还是想凑过去。

意思是失去也没关系喽?

不,并不想失去。

看心情吧? 通常"过去看一下"多半会不了了之。

不,这是很认真的,所谓的"过去看一下"并非是存心见异思迁,所以觉得"应该是可以被谅解的吧",只是想欣赏一下尤物而已,没承想被对方看上了,那事情就往另一个方向发展了。

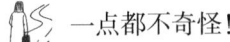不过去不就得了。

可就是想去啊。男人就是那么奇怪。(笑)

一点都不奇怪!

我会觉得是不爱我了。

不,一码归一码,还是爱的。依然希望对你保持绝对的控制。

"绝对的控制"?

再怎么喜欢,但相处久了,了解过头了也会厌倦,而对于未知事物的冒险欲望则得不到满足。即便住在绿色大地东京,有时也会向往去南极、北极逛一圈,偶尔也想去爬一爬凌乱的荒山。

见异思迁的对象就是"凌乱的荒山"?

通常花心是花心,其实很难遇到这样的好事。珠穆朗玛峰啊、北极啊,有时只是想想而已。所以有时冒险之后觉得"呀,过分了"，慌忙逃窜回归老巢。跑到原来的女人那里疗愈一下，点滴之间觉得还是家好。不过稍事休息，就又想往外跑了。

难以理解。

这个大概属于男女之间永远难以相互理解的领域。男人体内的DNA呼唤着他走去外面。不过呢，假如男人没有这个部分，一直安安稳稳地待在太太平平的绿色大地，那么南极、北极都是没影的事，美洲大陆也不会被发现，世界也要比如今小得多了吧。（笑）

完完全全不懂。比起故意去冒险，老实待着不是更安全吗？

长期待在一个地方就厌烦了，想呼吸点别样的空气。

意思是不再喜欢了吗？

喜欢，但是厌倦了；厌倦了，但还是喜欢。就是这样。

越听越迷糊了。

男人一旦心生厌倦，随之而来对性也失去了兴趣。男人最开始和目标女性勾搭上时，对性的热情和快感最高涨。但是次数多了又陷入了厌倦，快感度也随之下降。然而女性是在和某个男人关系持续过程中，快感曲线渐次上升的节奏。

体现在图表上的话，分别是急速下降的线和渐次上升的线，两线交叉的部分是二者最契合的点。男人和女人性爱方面在满足感上的差距不仅体现在那短短的一瞬，更在慢慢渐行渐远。不过男人在和别的女性发生性关系之后，对原来女人的性欲还会复苏。

嗯？是这样吗？

 从这个意义上来说，花心也可以说是男人欲望的再生装置。源氏也说过吧，"和那个女人交往过，才更明白了你的好"（笑）。花心过后，才清楚你最好。这说的是性的方面。

 你是说不和别人比就不知道好在哪儿？

是指新鲜感又回来了（笑）。去欧洲啊、美国啊旅行回来，觉得日本似乎看起来焕然一新吧？外面逛一圈才再次切身感受到祖国的好。当然了，觉得还是欧洲好，不再回国的也大有人在。（笑）

女人，All or Nothing

 光源氏另当别论了，普通男人和两个以上女人交往的时候，正牌女友和其他女人之间的差距大吗？

这个嘛，对最喜欢的人投入热情的方式肯定不一样。联络次数也多些，平时也会嘘寒问暖。只是女人要求太高的话，男人也会觉得累，开始看到不好的方面，大肆争吵，或者因为什么导火索而感到郁闷。那么相对而言，排在第二顺位的人的存在分量开始加重，顺位也依次递补。

 这么简单就替补更替了？

 只是相对性的问题而已。A女这边不行了，还有B女在，就会亲近B女。

 不是A女了，换成B女也完全没有问题吗？

对男人来说,通常只是选择哪个女人作为性爱对象而已。相比是否喜欢对方,对方的性格是好是坏,如何让自己的欲望得到满足才是最大的课题。

因此,一旦喜欢的女人离自己而去,说得极端一点,只要愿意奉献肉体,和哪个女性亲近都不是问题。换言之,凭着奉献肉体这一点,那个女性的顺位就可以上升。在二选一的时候,可以发生性关系的女人顺位相对较高,对于另一个,根本顾不上考虑是否存在可能性了。(笑)

女人是不会这样选择的。

女人没有男人那么强烈的性冲动,所以今天和男人断了关系也能活得下去。可男人的性欲是非常狂放不羁的冲动,没有性就活不下去,所以无论如何都要确保有个性爱对象。

对女人来说,即使有不止一个男伴,也只能和两个以内维持关系。相比一个伴都没有,偶尔能有人相携去个什么地方就OK了,如此而已。

的确,女人对待正牌男友和其他男人的差别比较大。喜欢对方的程度不同,接触方式也完全不同。对你们而言,如果是发自内心喜欢的男人邀约,哪怕有再要紧的事也要腾出空来去约会吧?

排除万难。

会取消和女友的约会。

但是对并不喜欢的人就非常冷淡了。女人说"今天挺忙的,没法见面"之类时,通常都是不想见面,配合度差距很大。所以稍微有点女性经验的男人,通过女人的言行举止,就能了解女人对自己的心意有几分。当然了,也有完全不解风情的男人。(笑)

身为"备胎",却多年来丝毫不以为然之类的。(笑)

一方面不动声色地甩掉可怜的备胎,另一方面,超越万难也要和真命天子在一起,竭尽所能。

女人就是会那样穷尽所有去爱一个人。

确实,女人一旦陷入爱里,就是 All or Nothing。所以像男人那样同时脚踏两只船,勾着这边拉着那头的情况比较少。而且已婚女子一旦爱上丈夫以外的男人,很多都选择离婚。而男人则是即便逼迫他在妻子和恋人中二选一,他也很难做出回答,希望和双方都能继续你侬我侬。

在女人看来,这属于放任风流。

男人通常分为长期展望和短期展望。就人生这一长期展望而言,妻子很重要,但就当下的欲望这一点而言,恋人不可或缺。可女人一旦狂热地爱上某人,就不会想那么多了吧。

对啊。

相对来说,女人对于恋爱的投入度比较高。正因为可以这么全身心地集中投入在一个异性身上,才能不负重托地承担起怀孕、生子这样的大任。而男人注意力比较分散,很难和一个女人天长地久。酣畅淋漓的性爱过后,女人还沉浸在回味中,男人却已经想要去干点其他事了。

那么快就冷淡下来,是并不喜欢那个女人吧?

 喜欢,但一会儿就想离开了。前面也提过,这种容易冷淡的个性有利于男人们投身事业,对于当今人类的生产性和发展性有着积极的作用。

 所谓的"喜欢但想离开"理解不了。

 好矛盾。

 喜欢但想离开,想离开但还是喜欢的。这就是男人。这一点也没法指望女人能理解。放在昆虫身上或许还好理解一点。(笑)

话题 3 / 爱情诚可贵，金钱价更高

从前有次相亲，对方拿出存折给我看，说"有这么多存款，还有这么多年薪，生活无忧了"，把我惊到了。

那是试图追你吧？

大概是吧。

多数男人都认识到，要追女人，最佳手段就是展示经济能力。也就是说，男人出和女朋友约会的费用，结了婚生活费上交老婆。想要进一步俘获女性的芳心，要送礼物、请吃饭，需要花费大量银子。难以启齿的现实是，男人必须具备扛起这些的财力，所以在追女人时会大肆宣扬这一点。

可是能否相爱是要看双方是否有感觉啊。

这是自然。但实际上，有时女性在收到昂贵的礼物、应邀去美味又有情调的餐厅吃饭时，比较容易打开心扉吧？你们俩收到会说甜言蜜语的男人献上的一百支玫瑰时，也会心花怒放吧？

会的会的。

但是如果只有一朵蒲公英，又当如何呢？

那也挺浪漫的。

一朵蒲公英就能满足，那这女人一定非常喜欢那个男人。

是啊。

 面对一个还没来得及多些时间相处、不甚了解的男人拿出一朵蒲公英就毫不设防地打开心扉,这事儿怕是不多见,但如果是一百支玫瑰就会动心了。

 或者即使是最初没那么喜欢的男人,如果又是邀约去很棒的餐厅用餐,又是送上名牌礼物,那么不知不觉就会觉得"真不错"。男人也是明白女人的相应反应才做出投资的。起码在实战中了解到这样果真见效显著。

 可我是不会因为金钱或礼物就心动的。

 当然了,男人送那些东西,肯定是对这个女人产生了爱情或者有好感,并不是企图凭借金钱或物品自由掌控女人的情绪。不过,在最初阶段,多数男人认为经济实力的展示相当有效。

 也就是说,对男人来说,金钱就是爱情的表现喽?

 与其这样说,不如说大致上男人都相信要让女人注意到自己,经济能力是相当重要的因素。但男人也不会在全无把握的事物上投注巨大的金钱和体力。男人之所以有这种想法,是因为现实中很多女人都是冲着钱来的。

 女人是为对方能为自己做那么多事的那份心意而动心。

 可能拨动女人的心弦和利令智昏是出人意料相似的两件事吧(笑)。总是嘘寒问暖、约着去心仪的地方、发生什么事时能帮自己一把的男人,总比对自己毫无付出的男人更让人感觉暖心。我觉得对这样的男人有好感是很自然的事。你们多想想这些,就能理解那些情况了,不是吗?

懂了。交往起来,绝对是为我尽心尽力的人比较好。

我还没有过那样的体会,所以还不大能懂——但我不会为了金钱而心动的。

嗯,这事儿吧,每个人的价值观还有过往的体验不同,各自有不同看法吧。只是,一个没大体会过这种待遇的女人,就算说"对方那么做也不会动心",也无以为证啊。(笑)

男人特想俘获女人

就算女人是看在钱的面子上跟了自己,男人也还是心花怒放吗?

这样倒也谈不上有多高兴。不过为了获得中意的女人的欢心,男人是不择手段的,至于女人臣服的理由,是自己的人品魅力也好,经济能力也好,就无所谓了。而且经济能力这东西本身就代表了这个男人的实力。

我们认为,"看上我的财力"跟"看上我"没有区别。实际上,放眼全世界,有钱的男人赢得女人的概率都比较高。豪门子弟比较吃香,也是因为他们的经济能力和社会地位比较吸引女人,女人自然凑过去。

可是虽然父母是富豪,但并不代表富二代本身有能力啊。

明白你的意思,但是"父母的力量"这个背景也是这人与生俱来的能力之一。事实上,如果没有这样的背景,适婚年龄的二三十岁的男人拥有巨额资产也不现实。要论资产能力,普通男人很难和这种含着金钥匙出生的豪门子弟竞争。光源氏是那么多女人的梦中情人,也是因为他人又帅又有教养,体贴温柔,加之天皇私生子的地位和雄厚的经济实力。

在男人的世界里,父母的钱也是自身实力的一部分,每每看到富二代和明星、模特交往的消息,一般男人基本上是直接输在起点上。尔等凡人,哪儿扛得住豪门子弟的竞争……

反正只要生理上不厌烦,我是会和这样的人交往的。希望能遇到个好人,走进婚姻,过上安定的生活,被香奈儿、爱马仕什么的包围。

哈哈哈。那些现实情况另当别论了,不过只要嫁对了人,与之相应的生活还是可以预见的。不单单是经济方面,那个家庭里还有富足宽松的氛围,有了和上流社会接触的可能,会被很多人艳羡不已。假如生活中有点烦恼,瘦死的骆驼比马大,最终会有很多正面因素让自己心甘情愿维持局面。

可最重要的还是那个人本身的品质啊,两个人之间有没有爱啊。所谓的生活,就是两个人共同搭建起来的,磕磕绊绊也是生活的一部分呐。

有时候小窝搭建好了,日子宽裕了,男人是会出轨的哦(笑)。而且搭建过程很艰辛,贫贱夫妻百事哀的例子比比皆是。

可是,只要有爱……

(苦笑)

啊,您笑什么啊?

说这话的女人一旦在现实中碰上这种事,可就瞬间翻脸了(笑)。要是你,即使过穷日子也心甘情愿是吧?

当然。

但要是有中东大富豪的儿子携巨款前来求爱……

呃……还是有点心动的。

你看你看(笑)。想想实际情况就很简单了:提溜口破锅换成拎个名牌包。相反,要是跟个普通公司职员结了婚,还要跟老公拌嘴抱怨"为什么我们家孩子没法读贵族幼儿园"之类的,态度立马骤变,所以说女人的话是百分之百信不得的哦。

每当听到"你原来一蒲公英美少年,现在是怎么了",都很想说"你谁啊"。

蒲公英美少年不知不觉间成长为玫瑰绅士了。(笑)

对。这对人来说是顺理成章的。即使不怎么喜欢对方,有时也会为金钱和优越的氛围所迷惑,不知不觉陷入爱河。这一点是人类特有的。

女人也有图财谋爱的情况

男人之所以向女人展示财力,是因为现实生活中女人常常因此对男人做出好评。有时女人评价一个男人的基础条件就是评估一下他会在自己身上花多少钱。

有时会为此而筹谋爱情。要是在自己身上一毛不拔,会想他是怎么看自己的呢?

空手套白狼,只上床不负责任的事儿别想。(笑)

偶尔去去高档餐厅也不错嘛。

"收到昂贵礼物"有时是种"如此爱我"的确认。而且女人很喜欢向别人炫耀恋人送的东西吧?跟朋友展示钻戒,借此让世人皆知自己是如何被宠爱的。结婚喜宴也是,通常想向大家炫耀的多数也是女方吧?

而且一定要和别人比出个上下高低(笑),比某某结婚时更气派之类的。

女人比较"外貌党"。你们也是,嘴上说着恋爱大过天,凭空说说倒也还好,可真到了考虑结婚的关头,还是觉得经济实力相当重要。所以我也很想问一下,如果要结婚,男人经济实力的重要性大概占据结婚条件的几成呢?

还有性格、相貌、秉性等方面,所以重要度大概占个五成吧。

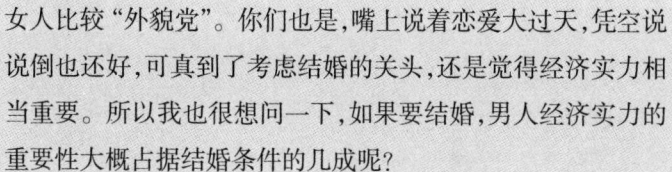我是要占七成。婚后还是想保持像现在一样的购物、出国旅行等生活水准。我也有很多朋友认为结婚最重要的条件是经济实力。

在众多条件中,唯有这一条占据了那么高的比率,也说明女人还是很重视经济实力的吧?或许双职工家庭没那么明显,但对于专职家庭主妇来说,经济问题非常现实残酷。从居住场所到孩子学校,方方面面都因丈夫的经济实力而高下立现。嫁给一个没什么赚钱能力的丈夫,跟周围人一比简直想钻进

地缝。看到嫁入富庶之家的姐姐生活宽裕,和普通公司职员结婚的妹妹会经常抱怨丈夫"你的工资怎么就那么少呢",少不了吵吵嚷嚷。

孩子也会说:"好想变成姨妈家的孩子啊。"(笑)

夫妻之间已经没有了爱却不离婚,以及中年之后分手的夫妻,多数都是出于金钱的因素。说来遗憾,有时没了钱,爱也很难持续。

金钱不是全部,只不过不希望搞得贫贱夫妻百事哀罢了。

可是就算没有钱,有的夫妻还是彼此相爱,生活得很幸福啊。

这样的例子当然有,只是如果真的摊到您身上,您未必能够接受吧?总会对某些地方心怀不满,上些年纪后觉得"我的人生真是失败",这是采访中经常出现的词儿(笑)。所谓的现实生活,不是单靠浪漫就能解决一切的。事实上,专职主妇里为了生活而放弃男女之间情爱的大有人在。

我不相信有人会放弃爱情。怎么做到的?

那是因为生活这个压倒一切的现实摆在了眼前。当然了,爱很重要,但是在男女相关的所有事项里,金钱的重要程度绝对不低就是了。不过呢,这只是综合了一下你们的意见,并不代表我自身的意见啊。(笑)

话题 4 / 不擅恋爱

 有项调查结果显示,70% 的已婚女性都希望老公还能说"爱你"。

要求日本男人说这个,估计相当有难度。

 是啊。

日本男人不大擅长褒奖、称赞女人。

 可女人是最需要听到言语表达的。

女人和男人相比,话要多得多,基本上就不停嘴。可男人不善此道,很难进入女人的话题。大多数女人不管看到什么都要惊呼"哇,好可爱"吧?

 不管是见了小朋友,还是玩偶,或者蛋糕,甚至情人旅馆的房间。(笑)

对男人来说,不大能习惯性地说出"可爱"的感觉。这是男人自身不具备的一个词语,所以要是硬说出口,反而恶心。就算女朋友指着毛衣上熊的图案问"不觉得很可爱吗"(笑),还是难以违心地说出"嗯,可爱"这句话,心想:"这种东西哪里好啦?"

 那您觉得如果有的话,什么样的事物称得上可爱呢?

比如青春小巧的女孩啊。

这跟我们说的就不是一回事了哦。

 就算不那么认为,好歹也要随声附和附和才好嘛。

只是敷衍一下的话,还是可以做到的。

 附和得没那么走心也会生气的。

本来没那种想法却硬要附和,挺难的(笑)。明明不认同,还强求走心夸赞,就太强人所难了。好不容易附和一句再被吐槽,那就可能真是从一开始就缄口不言来得更好了。

 请体谅一下我们希望开心畅聊的心情。

要是喜欢那个女人,就能体谅。在附和一下能达到目的的情况下,男人是很会附和的。

 不是吧?

之前也说过,男人和女人对于聊天的感觉大相径庭。即便如此,年轻的时候,热恋期间,出于对肉体的好奇,男人会尽量和女人相契合。简而言之,为了迎合女人,这个时候很难看出男女的差异,但等到了一定年龄,差别就体现出来了。

夫妇也是,各自的重心分别逐渐转移到公司和家庭上,年龄再大一些,慢慢就话不投机了。如此一来,更觉得还是和同一性别、志趣相同的人交谈更为开心。你们也是,要说享受交谈,还是女性之间更有乐趣吧?

 是啊。

 只要合得来,在哪儿都能聊得兴起。

日本文化的根基是男性文化

放眼街头,女人总是成群结队热闹非凡。只要招呼一声:"我们去吃饭吧。"就有的说:"这里的午餐很实惠哦。"有的说:"甜点好吃呢。"熙熙攘攘,结伴而去。在男人看来,女人的所有表现都很积极踊跃,明明不是什么大不了的事儿,也能一下像打了鸡血一样。

 男人吃饭时不大说"好吃"呢。

也不是故意不说,吃了感觉到了好吃,也就够了。特意说出口来,岂不无趣,好吃的感觉也会减半。对于饮食,男人奉行的是实用主义。

 对女人来说,不论味道,还是餐厅的氛围、料理的摆盘,都很重要。

 加上店堂灯光、鲜花蜡烛装饰一下,流淌着悦耳的音乐……

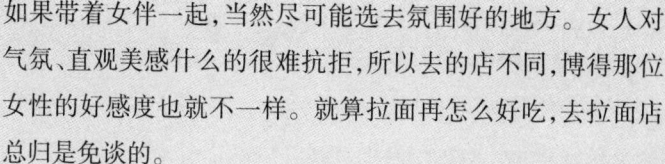
当然,我也认为这些很重要。

 真的?

如果带着女伴一起,当然尽可能选去氛围好的地方。女人对气氛、直观美感什么的很难抗拒,所以去的店不同,博得那位女性的好感度也就不一样。就算拉面再怎么好吃,去拉面店总归是免谈的。

 算是求爱的手段吧。女人总是喜欢分享美的东西。

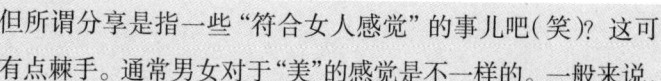
但所谓分享是指一些"符合女人感觉"的事儿吧(笑)?这可有点棘手。通常男女对于"美"的感觉是不一样的。一般来说,

女人和男人相比,更喜欢装饰性的东西,而亮闪闪轻飘飘的东西不大合男人的胃口。所谓的不合男人的胃口,其实也可以说是不合日本文化的胃口。

哦?这是怎么回事呢?

因为日本文化的基础是男性文化。在镰仓时代之前,贵族文化以女性文化为中心,但室町时代以后,武士得势,男性文化成了文化的主流。武士宅邸等和风建筑一看便知,设计简洁,几乎都是黑白色调。丝毫没有闪亮张扬之感,而是清晰、静谧。城楼建设即如是,茶室等建筑也是此类典型。

啊,这么说起来……

以质朴简约为主旨的武家文化和禅学精神深深植根,可以对比凡尔赛宫看看。

那里可是十分张扬呢,满是庭院和繁花。

很繁杂吧(笑)?在法国,历经几个世纪,男女之间的恋爱早就得已登上大雅之堂,号称"恋爱国度",所以宫殿和贵族府邸也都充分吸纳了女性的意见。家具设计上也很注重线条和装饰,天花板上绘有各式各样的图画,这些在男人看来,全都是过度装饰。(笑)

总统希拉克来日本时倍加感动的就是看到了日本文化中男人的感性。欧美一向奉行"chic(译注:高雅的,漂亮的。)"的价值观,不像日本,建筑的每个角落都透出极尽简单质朴的文化气息。男性文化原本就是减法的文化。

女人喜好加法。

 女人用色从来不嫌多,有人还全身缀满荷叶边、蕾丝。过分强调"女性元素",反而那个(笑)。而男人是禁欲系、求道式的,所谓茶道、俳句这些强调孤寂的价值观也都是男人创造出来的。进一步讲,"晴耕雨读""避世结庵"这些隐居思想也都是男人的玩意儿。男人和女人相比,更偏重所谓的虚无主义。

 这么说来,外国人里说喜欢禅道的也是男人哦。

 严以律己、上下求道的基本上都是男的(笑)。说起来茶也是,好好享受喝茶这事儿不就挺好,偏偏特意弄出个茶道的形式来苦苦求道。武士道更是典型。

 啊,完全不懂到底好在哪里。

 就算我说"武士道在于发现死亡",也不会有女人深表认同的。(笑)

不走心的话

 还是刚才的"渴望说出爱"的话题。

 嗯。

 如果文化有所改变,是说得出来的。

 文化?

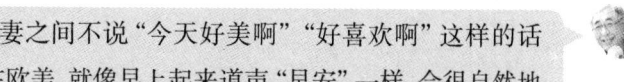 在日本,夫妻之间不说"今天好美啊""好喜欢啊"这样的话吧?但是在欧美,就像早上起来道声"早安"一样,会很自然地说出"好美啊""好喜欢啊""爱你"。尤其是在崇尚爱情的法

国,日常生活中这样的对话是理所当然的,成为人际关系的润滑剂。为什么人家就可以说得出口呢……

 比较热情吧。

并不是,那是因为他们并没走心。

 嗯?

字字都走心的话,是说不出那么悦耳的话的。

 是吗?

在欧美,有着请女性先上车、在餐厅为女性拉椅子、帮女性穿外套等"lady first"的习惯。无论对方是怎样的女性,只要一见到女性,就无差别地执行这些动作,已经成为大家默认的行为准则。

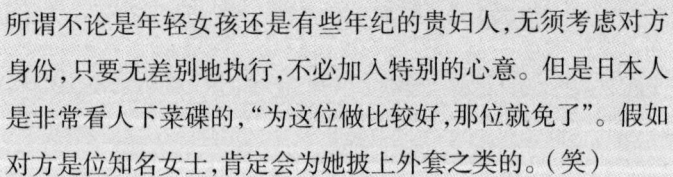

所谓不论是年轻女孩还是有些年纪的贵妇人,无须考虑对方身份,只要无差别地执行,不必加入特别的心意。但是日本人是非常看人下菜碟的,"为这位做比较好,那位就免了"。假如对方是位知名女士,肯定会为她披上外套之类的。(笑)

 也要考虑考虑对方的地位和自己的差距。

欧美讲求的 hospitality(译注:殷勤好客。)是以不走心为前提而成立的。而日本唯一拥有这种文化的地方是京都。在祇园町的茶室,不管是多么讨厌的客人,只要付了十万日元就能享受到十万日元的招待。走的时候,三四个艺伎或舞姬送出玄关,齐刷刷高喊"衷心感谢"。走一段回头一看,又全体高喊"衷心感谢"(笑)。如此隆重的行礼是因为对客人没啥想法才

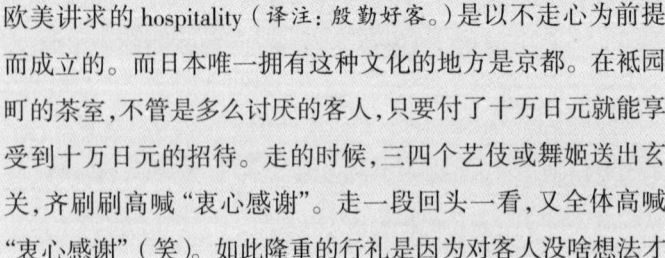

做得出。不走心是京都文化的原点,也是文化成熟度的标志。反之,东京商圈慷慨大方的店主则是根据对方的情况表现出不同态度。在生意里掺进感情,某种意义上来说比较有乡土气息。多数日本人还是认为说话做事发自肺腑比较好。

 不行吗?

不是行不行的事儿,主要还是文化差异。在日本,不走心的话少得可怜。这是因为从来没人教育我们男女之间"要不走心地说话"。即便是您二位,也很难对身边的男士说出"今天好有型啊"这种话吧?

 要是喜欢的人,还是说得出来的。

对不喜欢的人说就是出于文化因素了(笑)。我想,日本人不擅长外交的原因也与此相关。对不喜欢的人也能脸不红心不跳地说出"爱你",这才是外交。

尤其日本男人,过度接受了"沉默是金"的教育,所以就算在国际会议上也难以施展口才,飞机降落,空姐道声"感谢搭乘"时也闭口不语。日本人这种非社交性进而影响到了夫妻关系,男的觉得没必要跟女的多费口舌,到最后演变成觉得不能轻易启齿说"爱你"。

 也就是说,日本没有说"爱你"的文化。

要想夫妻之间能有这种对话,"就算心里没有也要说"的教育必须从小抓起。不过最近女性对于婚姻的要求是越来越多了。要婚姻合乎法律,要经济状况稳定,要可爱的孩子,还要优秀的夫婿,统统都要,还得寸进尺,要求丈夫说"爱你",未免有些

奢望了(笑)。日本男人又较真又害羞,也可以理解成说话只能发自肺腑。(笑)

 等等。说话只能发自肺腑,所以没法说出"爱你",这话……

意思是这事儿不说也该明白啊。但是如果真被问到是不是真心爱恋,可能还是会觉得难以启齿。(笑)

话题 5 一心往前看的女人 VS 爱念旧的男人

 我和男朋友分手了。

是谁提出来的呢?

 我。我说:"讨厌你了,不想再见了。"

这种时候女人采取的说法真是毫不留情啊(笑)。在男的看来,会觉得:"何必说得那么明白呢?"

 是吗?

就算想和对方分手,男人也不会那么清楚直接地说出"烦你了""不想再见了"这种话。

 为什么呢?

从小就被教导,"男孩比较强,所以事事要多照顾女孩一些"。虽说实际情况恰恰相反(笑),不过小时候灌输的东西,长大后也很难改变了。所以和女性交往想要宣告分手时,也希望稍微委婉地传达这个意思,尽可能不要伤害到对方。

 比如呢?

说"像我这么没用的男人,配不上您这样优秀的女人"之类的。

 没觉得这是个好办法哦。

所以说啊,对方往往回答说"哎呀,哪有啊",丝毫没意识到男人的真实意图(笑)。可是女人一旦对对方产生了厌烦情绪,多数都会直截了当地表达。过分的还会特地一字一句地强调:"烦,你,了。"(笑)。不说到这份上,男人都不自知。

可是如果厌烦了却不明说,对方怎么会知道呢?

一旦烦了,就再也回不去了。

虽说如此,也大可不必说得那么直白。通常男人比女人情感更纤细,容易被细节所伤,听到这么尖锐的话语,当然难以承受。

虽然受了伤,但等再找到感情归宿,心情会焕然一新的。

满心希望你们能走上新的一段人生道路啊。

那是为了你们自己踏入新的人生吧(笑)?男人没办法那么简简单单、利利索索地完成心情转换。比较希望的是分手时留有些许余韵,慢慢地渐行渐远。

是吗?就我个人来说,如果不再爱了,是希望能够说清楚的。支支吾吾不讲清楚,总感觉是余情未了。

这也要看人吧。要是男人真当面说出"烦你了"这种话,肯定引起强烈反击:"一个大男人,怎么能说出那么过分的话呢?!"还要诘问:"为什么要分手?你倒是说清楚啊!"要是男人敢毫无技巧地说出"喜欢上别人了",那就完蛋了。女人肯定会泪如泉涌,大闹一场。(笑)

男人的模棱两可

 可要是分手时不断得干干净净,那多不痛快啊。

 男人难道没有区分界限的意识吗?

 关于分手一事,男人并不怎么想彻底划清界限。就算是自己想分,也还是想藕断丝连,如果可以,还能常给留扇门就更好了。大多数男人远比女人害怕孤独。所以即便是形式上分开了,也不希望完全斩断情丝,不排除某一天情况又发生变化。

 情况发生变化指的是?

或许还可以做。

 什么?

 做爱。

 啊?和分了手的人做爱,真难以置信。

 那是指自己是被甩的一方,对对方仍然余情未了的情况下吧?

 和谁提出分手无关,只要有机会,男人就想做爱,哪怕是和分了手的前女友。因为如果是男人提出的分手,肯定是有别的女人了。即便是这个时候,还是希望和前女友之间的门暂且虚掩着。

 男人没有性爱是活不下去的,万一和新女友进展得不顺利,仍然希望前女友能够再次接纳自己。反之,做爱对象保有率低的男人自己提出分手的概率也低。男人是尽可能多地向雌性播撒精子的生物,所以播撒对象也是多多益善。不想干自己关闭一扇门、失去一种可能性这种事。

女人一旦厌烦了一个男人,就算对象保有率为零也会义无反顾地分手哦。

就分手这件事来说,女人更有洁癖。女人一旦结束一段恋情,就很难再次和那个男人重新开始,会果断关闭那扇门吧?

并且锁紧。

这一点和女性是承担养儿育女任务的一方有关。动物也是如此,雌性几乎都集中精力在妊娠、产子、育儿这些事上。至少,即使是再培育新的种子,也要在生完之后。从这个意义上来说,女性的性是分得清清楚楚的,不会像男人那样留着一扇门。

这么说,男人在分手之后也会引诱前女友喽?

男人有种迷思,总以为就算分手了,自己体内还留有她的余韵,女人肯定也是同样。虽说这是 case by case(译注:具体问题具体分析。)的事儿,但女人提出分手时,还是自我本位地觉得她十有八九对自己还余情未了。男人在这方面真是相当天真。几乎所有流行歌曲里,男人轻声说"彻底分手吧"都是觉得一定还回得来。暂且丢下从前,出去看看。

"暂且"?

就是觉得如果回头,还能被接受。认为只是暂时分开。

怎么可能?!

这一点看看政界就明白了。就算自愿离开自民党的议员,看到政界重组,就觉得又有机会重返政坛了。

 还真是余情未了。

不过女人里也有专门利用男人这一秉性的人。比如风月场所从业人员会对之前接触过的男人说:"我跳到别家店里了,下次要来哦。"这明显是深知男人秉性做生意,但当这样的引诱到了眼前时,男人还是屁颠屁颠地前去奉上银子。要说男人也够悲惨的。(笑)

 自作自受吧。"万一得手"的好色本性根深蒂固。

可那是男人的本性。斥责这事儿对男人来说,跟斥责"你鼻子下面长了胡须真是可恶"一个道理(笑)。因此,男人的这种模棱两可有时正是推动社会正常运转的因素。世事无常,如果像女人那样,凡事都利利索索地非黑即白,世事也会变得难以应对。

 是吗?

不管是政界还是公司,要是说了谁"这家伙不行",以后不会再有他的位置。像田中真纪子那样,要是对哪位官僚说了"讨厌你",那位官僚在政界势必再难翻身,面对变局全无应对之法。相比之下,说句"你身上也还是有可取之处的,再多加努力哦",然后拍拍肩膀,效果更好。

 考虑得很全面啊。

说得太直白,后面就没有修正的机会了。所以会时刻注意,不让自己说的话成为不可改变的事实。让下属复职时要说:"你看,虽然搞成了这个局面,但要是业绩能有提升,还是会考虑你的。"这么说的人就考虑到了万中其一的情况,留了一扇门,听的人也心中暗想总算为我留下了一扇门。

这是男人在社会上长期摸爬滚打获得的智慧。男人的模棱两可一方面是社会性的表征,另一方面,大多数男人也是靠这一点维持男女关系的。然而女人在辞退别人时却会说:"你下个月就不用来了。"冷漠无情。

这是不留无谓的期待,诚实以待。

这是否叫作诚实有待讨论。有时会在人心里埋下怨恨的种子,为将来留下祸根。

到那时再说了。

要是老是考虑那么多,岂不是什么都说不得了?

但是男人通常会考虑到周边或者后续影响。这是长期以来在社会上出人头地必备的智慧,也是自我保护的能力。呵呵,也可以说是看人下菜碟的狡猾吧。

男人经常想起昔日恋人

有一说一啊,女人比男人要更坚毅一些。因为女性是一般不会去回顾过去的性别。

"不会回顾过去的性别"?

你们不大会想起从前交往过的人吧?

 有了新恋人,就把前男友忘掉了。

 看到前男友的照片会心想:"这人到底哪里好啊。"

心想"那时的我真是瞎了眼"之类的(笑)。女人和男人相比,在斩断情丝忘掉过去这方面绝对占有压倒性优势。相对而言,男人永远都会将前女友的回忆珍而视之。流行歌曲里,"那人曾那么好""那时多快乐"之类充满怀旧情怀的也基本都是男人的歌吧?还有"你真是个好女人""那时好爱好爱你"等等。(笑)

 还有"喜欢却分手"之类的。

喜欢才必定分手呢(笑)。不过那时是看到新的心仪对象了,怦然心动,绝尘而去。想回来却回不来了,所以始终心中留有遗憾(笑)。反之,女人则会对分手后的前男友彻底死心。一去不回头,绝不吃回头草。在这个意义上,可以说女性是通常向前看的性别,男性则是常回首过往的性别。

 可是一辈子长着呢。

当然。

 男人能记住这辈子交往过的所有女人吗?

下雨的午后时光,不经意间从公园穿过……

 有什么故事吗?

会想起"唉,从前曾和 A 女两个人在这个公园里散步"。然后,台风来了……

 接下来到台风了吗?

又想起"说起来,倾盆大雨中,曾和 B 女被困在车上啊"。还有樱花开了……

 够了。

男人常常拥有多个女人的回忆,在脑海里不断回放。在这个意义上,男人可能是"反刍动物"。

 跟牛似的。

虽说如此,但并不表示想要做什么实质性的举动,只是想起"那时真好"而已。

 一直听您讲,再次觉得自己要坚定信念,再不要和前男友见面。

 如果让对方觉得有复合可能就麻烦了呢。

那对敏感多情的男士来说是很残忍的,不过女人做起来就简单多了,一旦分手就是终结。这一点请各位男性读者牢牢铭记(笑)。也敬请男读者们关注下次对谈。(笑)

话题 6 / 女人不允许出轨,也绝不会出轨

今天,我们迎来了一位以"绝不允许出轨"为座右铭的40岁单身女白领。

我反对出轨。我身边也有很多坚决抵制出轨的人。

这是正常人发自内心的意见。当今社会上多数人也是这么想的。

前段时间去了中国,在中国,提到"不伦",一般指的是近亲发生关系。而在日本,"不伦"感觉上甚至还没到因"婚外情"违背常伦的程度。

所以说,您现在是有男朋友的喽?

不,没有。到了这把年纪,年龄相仿的男人几乎都是已婚人士了。有时和感觉还不错的人约个会,一旦知道对方已经结婚,我立刻全身而退。当下就无法继续交往了。我是绝对不会踏进婚外情这种关系的。

什么让你如此厌恶呢?

因为会伤害到很多相关的人。

指的是?

对方的夫人啊,孩子啊。尤其是一想到孩子,我想我是绝对不会搞婚外情的。

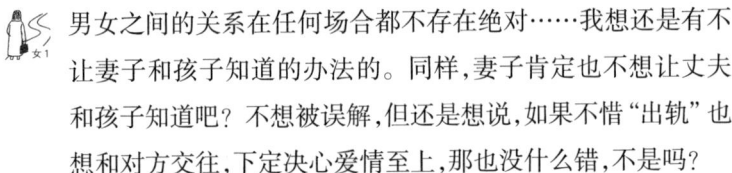 男女之间的关系在任何场合都不存在绝对……我想还是有不让妻子和孩子知道的办法的。同样,妻子肯定也不想让丈夫和孩子知道吧?不想被误解,但还是想说,如果不惜"出轨"也想和对方交往,下定决心爱情至上,那也没什么错,不是吗?

 每次和女1聊恋爱这个话题,总是说得那么露骨。但是我还是不喜欢这种"只要不被发现就好"的想法。不想做有违道德、令人羞耻的事情。

 我懂。我也有过那个时期。

哦,那么现在不同喽?(笑)

 只要不被发现就好。

 可上天都在看着呢。

 嗯?上天?在哪儿呢?

 只要爱是纯粹的,上天也会体谅的。

 但是当我意识到那场恋爱是建立在伤害他人的基础上,就快乐不起来了,会低落、痛苦。

非常明白你说的感受。确实,如果已婚男人和你交往,被他妻子发现的话,他妻子是很痛苦。或者,如果男的去了你的住处整天不归家,可能他的孩子也会伤心。

 我是受不了这些的。

但是,想到这段恋爱是婚外情,会伤害到别人,这种想法可能是稍纵即逝的。或许他妻子自己也陷入婚外情,正为丈夫不归家而窃喜呢,孩子也因为父亲不在而乐滋滋呢。

 啊?呃,是这样吗?

所以说,恋爱这回事,尤其越爱越深时,不知道哪里就伤害到某人的事儿时有发生。从另一个角度说,不伤害任何人的恋爱恐怕是不存在的。

 我觉得单身男女交往时不会伤害到他人。

 是的。单身人士应该没有问题。

不,那种情况下也可能伤害到意想不到的人。

 到底会是谁呢?

比如说,你和某男交往了,那么可能就伤害到了喜欢那个男人的其他女人。

 这……

或者说,你决定和某男结婚了,而他的父母本希望儿子能和与你不同类型的女人结婚,那么可能就伤害到了他们。他们会嘀咕:"和你这样的女人在一起……"

 可还是有可能得到祝福吧?

那是自然,会有这种情况,但也有相反的可能性。不光是恋爱,假如你考入东京大学,相应的也就有人落第。或者,如果我的小说登上了畅销榜,或许就伤到了滞销作品的写作者。《妇人公论》卖得好了,就会有其他同类杂志销量滑落。在社会上,有人获得了高人一等的社会地位,就有人憾失其位。当然,年轻时的恋爱或许可以不伤害任何人，但你已经40岁了吧。这个年龄说不伤害任何人的可能性几近为零。

尽管如此，放言不想伤害任何人，大概只是不谙世事的任性厥词了，不再是"出轨就伤害所有人，不出轨就谁都不会伤害"这么单纯的问题了。只要你想把某男揽入石榴裙下，必定有受伤的人。人的成长不可能不伤害任何人，一边被他人伤害，一边伤害他人，这也是成长的一部分。

那倒也是……

出轨只要不败露就 OK 吗

我讨厌出轨的原因不单是这个。即使我只爱他，也受不了他眼里并非只有我一个。这样的关系太过寂寞了。

就算你和一位单身男士交往，也没办法知道他眼里是否只有你。或许还有好多其他女人钟情于这位单身男士呢。

这和一开始就知道他有妻子还不一样。

是的。没和我相遇之前就有家庭，很难控制自己不去想象他在家里过得多么幸福。

不过这是不了解男人这种生物而产生的迷思。大致上男人都不是可以老老实实待在巢里的动物。前面有位女士说："我的那个他特别实诚，我说'今天晚些回来'，他就一整天待在家里，回来还会到门外迎接。"可那位男士当真一直在老老实实等着她吗？

是的。

 是的。

 不会的。

如果了解男人这种动物,就会怀疑这期间他可能和其他女人碰面了。总之,了解越多,想法越复杂。

 不想去想那些。

并不是你不去想,这个男人就能一门心思待在家和妻子琴瑟和谐的吧?

 可还是会想。真不能理解,怎么能又喜欢妻子又喜欢我呢?一边和妻子生活温馨,一边和其他女人交往,很享受吗?

你对人类的理解还是太过单纯了(笑)。所谓的不离婚,其实很简单,就是没办法和妻子分开吧。

 为什么分不开呢?

你刚才也说了,走到那一步会给孩子和妻子带来不幸啊。

 那就不要拈花惹草啊。

这道理众人皆知,但有时还是会喜欢上另一个人,色欲熏心啊。

 最讨厌爱情分两半了。

说来可能像是强词夺理,但如果一个已婚人士和你交往,我想他大多数的爱是倾注在你身上的。只是妻子已经入籍,没办法特意分开而已。有可能只是追求一种形式上的东西或者说一种安定感,和肉体上的感受无关。

是有冷漠到这种程度的夫妇啊。甚至有的丈夫根本对妻子毫无歉意,在外和人乱搞。

从某种意义上来说,男人的真实心声是希望凭借自己的优秀,享尽齐人之福。

我觉得如果另外有了喜欢的女人,还是离婚的好。没了爱情再待在一起也毫无意义,反之,如果对妻子还有感情,那么对其他女人的爱也并非100%的。

你所说的从道理上来讲没什么不对,但实际上划分得太过绝对了。现实生活中的男男女女没办法这么理智,存在很多中间地带。基本上多数男人都没办法一直对一个女人充满爱意。就算短时间内可以,也很难做到一以贯之。

简要说来,女人聚焦在一个男人身上的爱和男人的爱有着形式上的不同。因此,婚外情本来就不是获取对方所有的二人关系。像你这样的,万一陷入婚外情,恐怕还会要求对方"只许看我一人,别人一律不许看"吧(笑)?一开始是觉得只要能见一面,知道被爱着就好,后面会要求得越来越多。

这难道不是人之常情吗?

不,这可不是男人的常情,这么一来,80%的男人都会逃跑。现实是,四五十岁的男人极难做到向家人支付一笔抚养费,然后和别的女人结婚。正因为如此,男人极尽努力,把自己的爱、活力和金钱全都献给情人。如果得不到认可,甚至说我不能接受只有这些,那男人只有走开了。

 所以我还是很讨厌出轨的啊!

未婚、已婚跟爱的本质无关

 出轨的女人很多最开始都是这样想。但是因缘际会有了开始,渐渐难以抽身的例子数不胜数啊。

 反正我是做不到。

很能理解你的心情(笑)。尤其是像你这样的女性,还是不要陷入婚外恋为好。要求100%的爱的人是接受不了婚外恋的。可这样就只能和单身男人交往了。

 对,是这样。

也就是说,今后也只寻求单身男士,寻找自己能接纳的爱。那么未来就有了希望?

 有就不会走到今天这步田地了。

至少可以拥有今后和单身男人邂逅的"梦想"吧?

 是的。

 ……

 估计是有这种情况的。

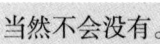 当然不会没有。

 可现在已经40岁了啊。这样一来,单身的对象……

根本没有！没有了。

我们这个年龄的女人陷入婚外恋，都是因为根本没有单身又合适的对象了，只有无奈地染指他处。

假如喜欢的人已经有家有室，你怎么办呢？

嗯，挺苦恼的。其实我现在就有个喜欢的人，不知道对方是不是已经结婚了。比我年龄还大，已经结婚的可能性很高，要是真结了我就放弃。

真结了的话，能放弃得了？

分不了也得分。既然会伤害到对方家庭，还是我自己抽身为好。

所谓爱情，也不过如此。

不是的。是没遇到那么合拍的人。所以才觉得听不得这些事。

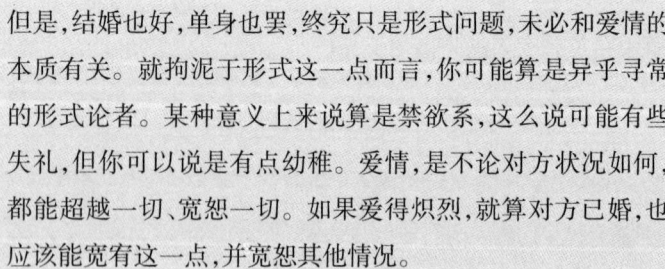

但是，结婚也好，单身也罢，终究只是形式问题，未必和爱情的本质有关。就拘泥于形式这一点而言，你可能算是异乎寻常的形式论者。某种意义上来说算是禁欲系，这么说可能有些失礼，但你可以说是有点幼稚。爱情，是不论对方状况如何，都能超越一切、宽恕一切。如果爱得炽烈，就算对方已婚，也应该能宽宥这一点，并宽恕其他情况。

话说到这里，您二位到底怎么看待出轨呢？

完全没有抵触情绪了——但也不会去积极寻求。

我也无所谓。如果已然如此，对方怎么都OK。（笑）

可我最近也有点动摇了。现在虽然是这么说,但今后怎样我也不知道。

或许一年之后就陷入婚外恋了(笑)。谈论出轨善恶与否都是个人的价值观问题,所以怎么想都可以,但是我想,不要太过秉持禁欲主义而封闭内心,这样世界就会瞬间广阔,这才能接近爱情的本质吧。我们一年后再会吧。(笑)

话题 7 / 满足于婚外恋的男人和无法满足的女人

前些天,我看到某熟悉的公司的俩人一起消失在一家宾馆里了。

是办公室恋情哦。现在这种情况很多。

公司里上司和下属形成恋爱关系是婚外恋里最常见的一种类型。在同一个地方工作,长期共处,尤其容易萌生恋爱的小火苗。

我还做营业经理的助手时,也是从早到晚和他待在一起,俨然夫妇一般。我也不知道那样算不算婚外恋。

我也遇到过工作上有过接触的年长上司对我有点暧昧的情况。

在男人看来,公司内部的女人比较容易引诱。喊着"一块儿去吃饭吧",也不会显得不自然。女人也是,面对上司的引诱比较容易丧失罪恶意识和警惕心。

这样一起喝喝酒,不知不觉就郎有情妾有意了。

从前,要是被公司发现,基本上就升迁无望了,但是近来只要别闹出事来,多数公司都不会干涉。

这么说来,公司是婚外恋的温床啊(笑)。近水楼台先得月,办公室恋情可以说是婚外恋里最为容易的一种类型,同时也是最为自然的形态。男女长时间共处,互相吸引是理所当然的。

可是办公室恋情啊,开始倒是容易,结束却很难。我认识一个男人,贸贸然和下属交往,下场很惨。

很惨?

那女的深陷其中不能自拔了,好像往他家打了电话。当时他一回到家,看到那女的坐在玄关那里,说:"我们交往的事告诉你太太了。"结果搞得老婆、公司都知道了,大闹了一场。

不光是办公室恋情,婚外恋常见的就是女方中途难以自拔的情况。时不时地上门逼宫,妻子就不用说了,甚至还四处去跟公司上司、同事、朋友倾诉。男人会觉得再怎么样也不能做出这么不可思议的举动啊。

那女的是真心喜欢那男的啊。情迷心窍,明知道不应该,还是做了。

男人也一样,如果发生婚外恋,那是发自内心地喜欢对方,也希望对方喜欢自己。但如果因此影响到了当下的婚姻生活和工作,那就非他所愿了。

那么到底想怎样呢?

男人希望的是,一直和那女人保持恋爱状态。婚外恋通常都有一定制约,只想在那个范围内竭尽全力去爱那个她。每周见一次,度过一段浪漫时光,同时在"这是婚外恋"的危险的刺激中获得肉体和精神的双重激情燃烧。

说得随意点,就是只要有那么一段时间是在那种兴奋中度过就可以了,并不想投入得太过头以至于破坏到什么。说实话,男人是希望对方也能理解"希望尽可能长久地享受婚外恋这么棒的状态"的想法。

 这也想得太美了吧。

可很多男人都这么想。所以,只要女人回答"好啊",就能安安稳稳、长长久久地持续下去。但是,往往某一天女人忽然就忍不下去了。恕我直言,男人实在不大明白女人这么闹的心理。比如,说是嫉妒妻子,可从一开始你就知道有妻子这回事啊。

我懂,女人一开始也只是想适度接触就好,但慢慢地就妒火中烧了。

如果是单身女性,有时考虑到自己的婚姻和未来难免烦恼。关系维系得越久,始终看不到出口,会更加苦闷。

确实,女性一旦深深陷入恋爱之中,就难掩独占欲,关系维系得越长久,对于各种扩展到细节的要求越多。比如想和这个男人一起生活啊,想跟他生个孩子啊。可这些要求一旦说出口来,直截了当地去要求男人,男人也很困惑:"这和一开始的感觉不一样啊。"男人最怕女人的这种变化了。

女人陷入爱情就变恐怖

女人的确善变。我那个和上司搞办公室恋情的朋友也是,一开始还说:"我知道他已婚的事实,作为我的上司,我也很尊敬他,可作为一个男人,我又很喜欢他,保持这个状态就好。"

过不了多久就行不通了。

 某一天开始,她开始步步紧逼:"周末又和老婆去什么地方了?"还总觉得他肯定和老婆上床了,虽然他的回答是"并没有"。

婚外恋期间,男人一般是不会和妻子上床的。大致婚后数年过去了,夫妻之间过性生活的次数已经屈指可数。

可她总是闷闷不乐地抱怨:"嘴上说是怎么说都行啦。肯定做过了。"

这些都是自己瞎想,为这些烦心也是白费心思。

可大多数女人就喜欢对恋爱想东想西啊。我那朋友也是,后来纠结于分手的事,搞到自己都病倒了。

这么听下来,女人一旦陷入爱情真是可怕。男人很少为爱追逼到那个程度。

那是因为自己没做过别人的情人吧。

比如,单身男人在和有夫之妇大搞婚外恋时,可是不怎么会为那女人有没有和老公做爱而郁闷烦恼的,反而希望她和现在的丈夫关系还过得去。

"关系还过得去"指的是?

就是说偶尔也是可以过过性生活的。

呃,是吗?

所谓婚外恋,需要建立在某种微妙的平衡之上。这种平衡一旦破坏,满盘皆输。总之,这是种微妙的关系,所以男人才钟情于女人,内心燃起一把火。因此,对方的婚姻生活能够正常存续才比较舒服。反之,避之不及的是那个女人和丈夫过不到一起,时常分居,缠住自己。爱意渐浓时,女人开始拒绝自己的丈夫,引发家庭内部矛盾,那就离两人关系破裂不远了。

那要是她说:"我是因为喜欢你才和丈夫分开的啊。"怎么办呢?

可能会逃之夭夭吧。(笑)

太过分了。

说过好几次了,几乎所有男人都只是想维持婚外恋这种关系,很少考虑跟对方结婚。男人一生中最重要的首当其冲是事业,一半以上的精力都奉献在这上面。剩下的一般分别分配给妻子和情人。男女心中对恋爱的重视程度的比重完全不同,所以你们对于这一点大概是很难理解的吧。

妻子不是"女人"

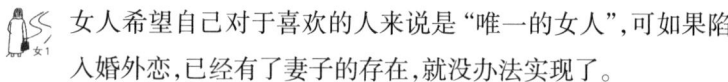女人希望自己对于喜欢的人来说是"唯一的女人",可如果陷入婚外恋,已经有了妻子的存在,就没办法实现了。

是的,这就是问题所在。

但是就男人的逻辑来说,她在情人这个层面上是唯一的。他细腻的情感和对于性爱的热情都毫无保留地倾注在了她身上。刚才也说了,男人在和喜欢的女人做爱时倾尽全力,疯狂炽热,是跟和妻子做的时候没法比的。所以说,所谓的妻子,对多数丈夫而言并不是"女人"。

呃,太过分了。

过分吗？对男人来说,妻子是共同生活的家庭成员,是搭档。所以男人觉得根本不懂因此受责备的道理在哪里。比如,要是说有两个情人,被追究孰轻孰重,尚可理解。情人1发现了情人2,斥责"不能容忍"的话,男人会道歉并反省。可要是针对妻子的存在说"我不是你的唯一",那就摸不着头脑了。

 理好像是你说的这个理。

 可再怎么说,全世界女人都觉得"妻子 = 女人"。

大概女人是这么想,这一点我不是不明白（笑）。可嫉妒妻子这件事是对"妻子"评价过高了。

 评价过高？

刚才也说了吧,丈夫和妻子没有做爱,可你的朋友坚持认定"肯定做了"。

 是啊。她说他们夫妻时不时会一起去旅行,"至少那个时候会发生关系"。

那或许是妻子拜托"偶尔也带我去哪儿玩玩嘛",出于无奈才去的,并没有太多值得追究的意义。即使白天一起行动,一吃完晚饭,丈夫也就先去呼呼大睡了。（笑）

可是,她说:"他和我一起去旅行时可是度过了浪漫的一夜啊。"

那是因为她是情人。男人不管再怎么疲惫,都会竭尽全力让身体兴奋起来,和激情燃烧的对象发生关系,但不会和近在咫尺的妻子特意做这事。你那朋友没结婚吧？

 是单身。

所以还对夫妻关系抱有评价过高的幻想。夫妻关系不是那么有情趣的关系。只要体验过很快就能明白。上次也说了,早上在酒店看到共进早餐的夫妻,就能感受到"夫妻俩一起来真烦人",大家都只是默默地埋头吃饭,吃完立刻起身离席。

 我见过。当时觉得,所谓人生的无趣大致就在于此吧。

是吧(笑)? 这是很无趣,可偏偏还非得一起不可,这样的悲剧也要考虑一下为好。相反,婚外恋的情侣则令人感觉活力四射,对于彼此的关切都很不同。

平时什么都不为妻子做的男人也会时刻体贴对方,无微不至。男人也在想,为什么对情人做到这个份上了,她还在和妻子比较、苛责。嫉妒妻子的女人还是好好看看自己周围的夫妻吧。

 您说的是看看现实吧。

相比冷漠的夫妻关系,还是婚外恋比较好,你是不是有了这样的想法? 刚才说的那位女士为自己看不到的事情烦恼,我看还是睁大双眼眼见为实为好。

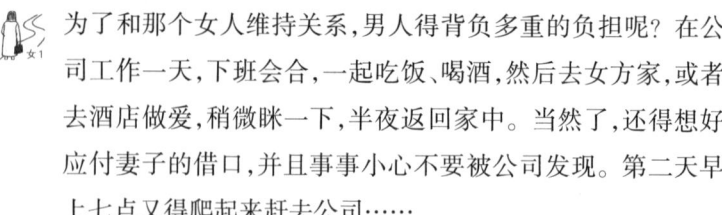 为了和那个女人维持关系,男人得背负多重的负担呢? 在公司工作一天,下班会合,一起吃饭、喝酒,然后去女方家,或者去酒店做爱,稍微眯一下,半夜返回家中。当然了,还得想好应付妻子的借口,并且事事小心不要被公司发现。第二天早上七点又得爬起来赶去公司……

 说来也是哦。

负担很重吧?生活如此残酷,必定是倾注了莫大的心血才能坚持,所以就原谅他吧。(笑)

 或许女人也要稍微体谅一下这些情况才是,不要事事处处以自我为中心。

可她大概会说:"还是不想让他回家,想一直在一起。"(笑)

嗯,那是因为女人一旦超越了某条线,就全然听不进周围人的劝说,不切实际地放任自己的欲望膨大,并且忠实于那个欲望(笑)。我们下次聊聊这方面的话题吧。

话题 8　女人希望独占男人时

上次讲的是婚外恋的话题。

是。这次借着上回,聊聊女人进一步深陷之后的问题。

确实,女人长期保持婚外恋关系的话,有时容易深陷其中不能自拔。我朋友和公司上司保持了长达六年的婚外情,终于有一天逼到了他家门口。

是为了去跟太太说他俩的关系?

不,好像只是按了玄关处的门铃就逃走了。本打算如果对讲机里传出那个男人的声音,就回答"是我哦",可偏偏是他太太应答道:"这里是某某家。"

这就是所谓的先发制人。

为什么要这样做呢?

在婚外恋关系里,女人远比男人想象得痛苦得多哦。尽管总怕做了这种事会给他添麻烦啊,让他烦啊之类的,可总有控制不住自己丧失理智的时候,做出一些意想不到的事情。

这一点也并非不能理解,如果能考虑到这一步,男人大概也不会太过责备。但是一旦超过一定限度就比较恐怖了。奔走而逃的当口还称得上可怜,可如果和打开门的妻子正面对决……(笑)

还有人不是逼上家门,而是直接到公司兴师问罪呢。

单身女和已婚男交往时,最容易引起争执是从女人动了和那个男人结婚的念头开始吧。

绝对是这样。

在女人心里,"结婚是人生终点"的意识十分强烈,一直如此。然而既然是婚外恋,不管交往多长时间,前方都看不到终点。这种状态长此以往,总有一天,一开始不动声色的女人总会吐出"结婚"二字。

大概正处在婚外恋关系之中的女人可能十之有八并没有意识到结婚这一步。但总有人会不加掩饰地提出:"你和老婆离婚跟我结婚吧。"男人最怕的就是对方讲出这句话。

女人也觉得不能这么讲。可考虑到自己的人生规划,一想到"长此以往何时是个头",不自觉地就脱口而出了。

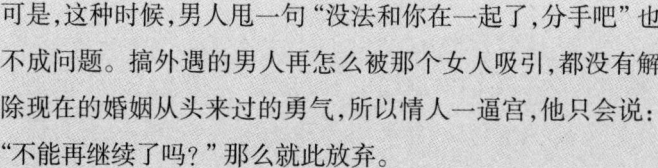再就是考虑到自己的年龄和生育的问题。

可是,这种时候,男人甩一句"没法和你在一起了,分手吧"也不成问题。搞外遇的男人再怎么被那个女人吸引,都没有解除现在的婚姻从头来过的勇气,所以情人一逼宫,他只会说:"不能再继续了吗?"那么就此放弃。

尤其是被逼要求"结婚"的话,会逃之夭夭的。就如之前所说的,被那个女人点燃激情,是出于两个人处于婚外恋这种刺激的状态下,万一真结了婚,撑不了多久,热烈的爱情就会消失不见。因此,要是为男人单方面强辩一下的话,那就是出轨永远只能是出轨。可女人总有一天会为从这种状态中脱身行动起来。

怎么说?

之前,一个我认识的男人跟公司的下属搞婚外恋。一开始还挺好,交往时间一长,那女人就央求着要结婚了。倍感困惑之时,有一天又突然被上司叫去质问:"那件事儿,你打算怎么办?"原来,那位女士直接跑去跟他的上司投诉说:"我一直和他交往,可他不跟我结婚,只是玩弄我的感情。"

两个人的问题去跟第三个人说,这违反游戏规则了啊。

可那女人感觉像是希望打开一个突破口,拼了。女人一旦陷入爱情就会变得不管不顾。

可到了男人身上,感觉像是凭空被扔了个大炸弹,损伤惨重。爱得越深,越该沉默嘛。最后的结局就是,经此一役,男人和女人分了手,工作上也一蹶不振。

独霸终结热恋

的确,女人一旦沉迷在爱情里,有时会无视周围的一切。我认识一个女人,有外遇了,迷外遇对象迷得不可自拔,自说自话"想和他在一起",单方面离婚了。

后来和那男的在一起了吗?

没有。那男的没想离婚,后来相当长一段时间,她都像个跟踪狂似的四处尾随对方。

男人和女人之间存在温度差嘛。

女人对于当下喜欢的人会觉得"这人就是一切"。为了这个人，可以放弃一切。

这就是男女之大不同，再怎么迷恋对方，男人也不会认为"这人就是一切"。另外也很重视事业，所以可以预知，说不定哪天就厌倦对方了。

很喜欢很喜欢的也会厌倦？

刚才也说了，激情燃烧是因为那是婚外恋，一旦在一起了，关系稳定下来，就厌倦了。听说女人通常都想独霸喜欢的男人。

想啊想啊。（笑）

可从独霸那一刻开始，爱情指数就往下走了。

呃，是吗？

至少狂热的爱意就此终结。我想，女人之所以结婚愿望强烈，是因为结婚能够为她带来"独霸"这一幸福感。但对男人来说，那种状态是有些痛苦的。基本上，要是一直和某个女人保持二人状态屏蔽外界太久的话，P君就不想勃起了。

那可是处于不稳定的刺激状态时引以为豪的能力（笑），所以说男人真的是只要婚外恋就好。可是女人会说："都放弃一切去找你了。"问她："为什么？"她会回答："因为爱。"（笑）男人听了下巴都要掉了，心想：要是一直抱着这个女人也太过沉重了。

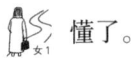懂了。

在男人看来,这种女人的爱是自我毁灭式的。好不容易在婚外恋关系里过得好好的,非要急不可耐地冒进。

女人总想独霸喜欢的人,也希望对方独霸自己。

因为女人在爱情方面是克己禁欲而又激进的。一旦感觉"好想抓住这个男人",就会不择手段。前段时间不是有个歌舞伎演员和女演员奉子成婚入籍了嘛。

是中村狮童和竹内结子吧。

当时不是有报道出来说男方是被设计了吗?

被设计?

女人为了和喜欢的男人结婚,发生性关系时谎称"今天是安全期哦"。过去好几个男艺人也吃了这方面的亏。(笑)

这男人也是太天真了啊。就算是安全期,也不能保证100%不会怀孕的。

明明不是"没关系,不会有的",而是"就算有了也没关系"吧。(笑)

男人为了明白这一点也是付出了相当大的代价啊(笑)。单身的情况下尚且如此,要是被婚外恋对象告知"有了你的孩子",任凭哪个男人都会惊慌失措。

婚外恋中,对于生下这个人的孩子是否合适,女方也是经过认真盘算的,所以在某种意义上来说,说"想和你生个孩子",对男人来说的确是加分项,不过这种毫无预警地通报还是个巨大冲击。如果仓皇之下说出:"打掉吧。"肯定被指责:"什么?你……要杀掉……我肚子里……这个活生生的小生命吗?"

偶尔爆发

女人都希望和自己爱的人之间形成牢固踏实的关联啊。

但这牢固的程度是个问题。有的女人要求喜欢的男人心无旁骛、目不斜视。

眼睛稍微一斜就喊:"不许看!"(笑)

这么恐怖,想想都能多少理解男人的心情了吧?(笑)

可如果是自己喜欢的女人提出这样的要求,男人的满腔热血会就此冷却吗?

不,也有令行禁止、全盘接受的男人。不过多数男人肯定逃之夭夭,难以接受这么沉重的爱。话虽如此,也有些人期待对方的爱深沉一些。

愿闻其详。

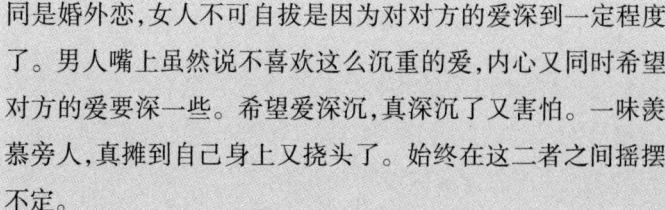
同是婚外恋,女人不可自拔是因为对对方的爱深到一定程度了。男人嘴上虽然说不喜欢这么沉重的爱,内心又同时希望对方的爱要深一些。希望爱深沉,真深沉了又害怕。一味羡慕旁人,真摊到自己身上又挠头了。始终在这二者之间摇摆不定。

那不是半途而废嘛。女人会全身心地投入婚外恋。想到周末他和妻子的互动就嫉妒得不行,因不能见面而备受煎熬,连饭都难以下咽。

与其说男人不会为恋爱沉迷,其实是没办法沉迷。即便是婚外恋,如果因此搞得自己痛苦不堪,或者对工作和生活造成了障碍,就会有意识地提醒自己不要继续深入。

比如刚才提到的那位女士,她跟上司投诉以后,男人会骤然冷却和她的关系。对男人来说,跟恋爱相比,工作更加重要,多数男人都是这么想。

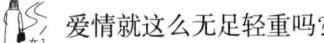爱情就这么无足轻重吗?

不是这么说,只是男人和女人生来对于恋爱倾注的热情就是不等量的。当然,男人陷入婚外恋的话,也是真心和对方相爱,全身心的。

只是说如果谈到男人的燃点温度,也就是适合泡澡的大概40度左右而已吧。这和可以忽地沸腾到100度并周而复始的女人存在根本性的差异。通常男人都喜欢做爱,却不怎么喜欢恋爱。

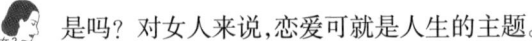是吗?对女人来说,恋爱可就是人生的主题。

所以,不管是电影里还是电视剧里,爱得死去活来的都是女人吧。另外,女人就算在爱情中失意了,还能不失仪态,而恋爱不顺的男人看上去就颓废潦倒。可能大家的理解方式也不尽相同。

话说回来,刚才提到的那位先发制人的女士后来怎样了?

后来,冲上家门的事搞砸了,男的离开她了。当时她也挺受伤的……

不过,因为婚外恋而受伤也未必是什么坏事。普通恋爱或者婚姻里体会不到达到失去自我那种程度的爱和恨。或许有的女人平生就想有一次这样的感受呢。(笑)

还有,随着年龄的增长,男人慢慢地就感受不到女人的心情起伏了。年轻时感觉太过沉重,抑郁,想要逃走,稍微上点年纪后反而觉得有人为自己痴迷很可爱、可贵了。

真的吗?还真没怎么注意到这种男人。

男人不上点年纪长点经验,时不时经历点险境,也是懂不了这些道理的(笑)。尤其是婚外恋,太过压抑也要不得。拿捏当中尺度挺难的。搞来搞去婚都没法结了,说不定哪天就爆发了。(笑)

话题 9 / 男人都有恋母癖

今天来了一位嘉宾。首先,请讲讲您的烦恼好吗?

其实,我老公有恋母癖。我挺烦的,他不管跳槽还是买房子,都不是跟我而是先去跟婆婆商量。平时也是动不动就说"要是我妈""换作我妈"之类的,满嘴都是婆婆。之前还穿了感觉像是和婆婆情侣款的同色毛衣,说什么"非老妈那个味儿不可",每周回去三趟,就为了吃婆婆亲手做的饭菜。上次我去接他,竟然看到他趴在婆婆的膝盖上睡在那里……

呃,这个挺别扭的。

要是我,估计得离了。

如果仅仅是这些,似乎就算讨厌也没啥办法啊。男人啊,可以说基本上都有恋母癖。不光男人,人类原本就有恋母情结。人都是母亲生出来,用乳汁哺育长大的。稍微大点后,母亲又每天给做饭,照顾得无微不至。

加之现在孩子数量都不多,父母的关切度比较容易集中到孩子身上。家务事变得轻松,家庭主妇的能量有盈余,而且多数丈夫对妻子缺乏关心。所以,妻子们把剩余时间和精力全都倾注到孩子身上,只要聊起孩子,就盼着人人夸她"好妈妈",不能听到一点责备。

丈夫也会说:"一心扑在孩子身上,真的好吗?"

倒不如把精力转头花在自己身上比较轻松吧（笑）。可是如果放任不管，妈妈们会把孩子当宠物似的肆意摆布乃至伤害，尤其男孩更容易成为这种行为的对象。

 为什么呢？

对母亲来说，儿子是异性吧。即便是母子，也符合异性相吸的道理。母亲会觉得自己儿子的小鸡鸡可爱得不得了，这一点见仁见智，也可以认为是一种对异性的爱意。

我朋友说对男孩要无条件宠爱。孩子就算打翻水杯了，也是喊妈妈："去收拾干净！"妈妈还去关切儿子："哎呀真是的，没伤着吧？"

即使是自己的孩子，也是对异性宠爱，对同性严厉，这是自然规律。男人容易有恋母情结，也是因为母亲过度宠爱男孩。前段时间，还出了件有个19岁的儿子拿铁制哑铃殴打、杀害父母的案子。

 有的。

我想那个案例也是父母对孩子过度关注、逼迫太紧。就家庭环境来说，父母都是学校教师这种热心教育的人士，在家经常唠叨斥责自由散漫的孩子。后来母亲干脆辞去教职，贴身监督。这对孩子来说只会是负担。

 不过，不是也有不理母亲，自娱自乐的孩子吗？

不理母亲，自娱自乐，这只能是少年期专享。进了初中，到了第二次叛逆期，就该母亲抑郁了。从初中阶段开始，男孩越来越跟踏实稳健不沾边。特别是青春期，一旦有了喜欢的女孩，开始有了包括性冲动在内的自我世界,一下就嫌母亲碍手碍脚了。这样下去,男孩总归会一点点背离母亲,脱离母亲的管控长大成人。不过,要是青春期没能顺利地脱离母亲怀抱,一直在母亲的庇佑下接受宠溺,就失去了脱身的机会。长大成人后也难以自立。

所以才什么事都依赖母亲啊。

非但如此,这样的孩子在和母亲的关系里还充斥着异性爱的成分。像刚才说的,趴在母亲膝盖上睡觉这种情况就与此类似。虽然没有具体的性行为,但其实精神层面的母子通奸的情况出乎意料地多。长大成人后也很难喜欢上别的女人,很多恋爱障碍的男人都属于这种类型。

我是相亲结婚的,老公说我是他的第一个女人。

你老公可能是稍微极端一点的案例(笑)。不过,我认为,所有男人从广义上来讲都有恋母情结,对女人也都有着母性的需求。

男人在所有女人身上都会寻求母性

还有很多母亲是离不开孩子的。常常倾诉儿子长大后离开自己身边是很痛苦的事情。

就日本人本身来讲,在亲子距离方面过于亲近,脱离父母、放手孩子方面做得不大好。男人一度会从母亲身边离开,可一结婚有了孩子安定下来,又重回母亲怀抱。

回去干吗呢?

享受被羽翼包裹、备受宠爱的感觉。（笑）

 都是成年人了,还那么黏黏糊糊!

 女人就算和男朋友分了手,也不会去父亲那里寻求安慰的哦。

男人嘛,外在表现总是坚韧强悍的,容易给人自立自强的印象,其实内心永远是个长不大的孩子,好多男人都没办法自立。

 这么说来,我认识的一个男人也是离婚后就频繁回父母家呢。

对一般男人来说,母亲也是一旦有什么意外随时可以得到庇护和支撑的存在。平时不言不语地待得远远的,一出什么问题,就盼着母亲能马上出现给予支持。而且问题得到解决后,又希望母亲能重新安静地隐退。

 这倒是永远舒舒服服没有困扰嘛。

不管对方是谁,男人只需要她能温柔地包容自己就好。人生来就是在自己舒服惬意的时候求爱的生物,而能够满足这些任性欲求的也就是母爱了。

 非母亲不可吗?

比如,父亲对男孩而言,是需要超越的高墙一般的存在。不论体力、智力、社会地位如何,总会成为同一赛场上一决高下的对手。相对而言,通常他希望女人是接纳他的存在。但是妻子和女朋友可不会那么让人省心。发生什么不顺心的事时,就算去跟妻子寻求安慰……

 会被吐槽:"我可不是你妈!"（笑）

脆弱的时候还要被奚落无能什么的(笑)。但是母亲就不一样了。

确实,很大部分男人都希望妻子具备母亲一样的特质。

我朋友也说她老公黏黏糊糊的,就想被照顾,却不想做爱。

有着小时候被母亲疼爱记忆的男人会向妻子或女朋友寻求母爱。大部分男人是比女人更加社会化的生物,只会在外面虚张声势,私底下却常常寻求能对自己温柔接纳、无比宽宥、百般宠溺的对象。

可是这样要求,妻子或女朋友也会感到困扰的。

是这样,所以啊,遇到问题时只有去母亲那里了。(笑)

妈妈和儿子活在美丽的童话里

要是有男人像妈妈那样疼我宠我,我是来者不拒的。如果是喜欢的人,基本上什么都能接受。

是如果"喜欢"哦(笑),我懂。可是比如说,结婚十年了,那个男人不把你当女人看,直呼"孩儿他妈",也基本上没了夫妻生活,在公司遇到不顺心的事或是遭遇挫折,说着说着当场就能抽抽搭搭哭起来。

这种时候我大概会说"振作起来"。

那要是事业失败,债台高筑呢?

我又不是他妈,真要是这种极端案例,当然也很为难。

可所谓母亲,就是不论儿子再怎么落魄无能,也可以一如既往地爱护、帮助他。这就谈到了爱的深沉程度和容忍程度的问题,妻子和女朋友都爱不到这个地步。这就是妻子的爱和母亲的爱的根本区别,母亲的爱是不管儿子做了什么都能接受,哪怕杀了人,最终也是不离不弃,甚至去监狱探望。

任何事情都能允许,都能接受,从这个意义上来说,母爱是独一无二的存在。而且,因为也不会像父亲那样在同一片战场上争斗,所以母亲和儿子的关系永远都是在美丽的童话中。

美丽的童话……

正因如此,在男孩心中希望能永久地有一块区域,把母亲奉为神圣的存在。

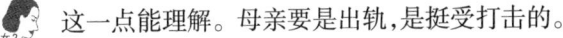这一点能理解。母亲要是出轨,是挺受打击的。

对男孩来说,母亲在某种意义上是圣母玛利亚一般的人物。所以,再没有比想象母亲跟父亲以外的男人做爱更令人厌恶的事了。那个叫丹羽文雄的作家竟然冷静地描写了这种事。

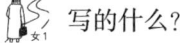写的什么?

丹羽先生是三重县一所寺庙工作人员的儿子,当时,获悉原以为忠贞贤淑的母亲和某个男子发生了性关系,大受冲击。就此觉醒,开始书写,成了他变身作家的开端。觉悟到自己的妈妈是拥有性欲的淫荡女子,这是丹羽文雄身为作家的原点。

无奈只能变成作家了。(笑)

嗯。冲击如此之大。

他不希望母亲是个女人,而只希望她是个母亲吧?

 这种想法未免太幼稚了。母亲也是个女人,也会恋爱,也有性欲。不希望自己的母亲是个女人,一定意义上来说也是否定了人性。现实生活中,不如孩子想象那般贞洁的母亲可是有很多(笑)。可不论男女,对自己的母亲都追求一种圣母的形象。所以对人类来说,为人母是个大大的原点。

 的确和父亲不同啊。

 父亲嘛,就算出轨,也没那么介意。

 想想也是无奈。

 从这个意义上来说,跟母亲相比,对父亲的期待值低得不是一点两点(笑)。不过,就像男人要求女人像母亲一样,有时女人对男人也有类似父亲一般的要求。

 是吧。

 比如说,要求喜欢的男人身上具有父亲一般的品质,能够紧紧地守护在自己身边等等。

 确实,年轻的时候,总希望在男人身上寻求依赖感和包容度。

 能够看透男人是种生性难以托付的生物,需要目光如炬啊(笑)。可假如能有个人可以依靠,你们也都很想依靠吧?

 那是自然。

 人人到了一定年龄都被要求自立自强,结了婚生了孩子,喜欢也好讨厌也罢,自己无形中都被架到了父亲和母亲的位置。

但其实从本心来讲,内心深处始终追求一种无条件地包容、支持自己的无私的爱。尤其是像男人这样外表坚强、内心脆弱的生物,更是必要,在这一点上,妈妈是绝对的爱的象征。

可我还是讨厌"妈宝男"。

这里要说说站在"妈宝男"前面的身为"丈夫的母亲"的这个人。多数情况下,这个女人成了妻子的对立面,在这种情况下首先是讨厌这个女人,进而讨厌被妈妈宠坏了的丈夫,厌恶形成双重堆叠,导致"妈宝男"的母亲越发被讨厌。

大概真是这样。

其实男人也没那么可恶,时不时地也请各位女性适当地温柔以待啊——真那么难吗?(笑)

话题 10　恋爱是两人共创理想关系的过程

女1：跳回之前话题 6 中提到的那个说"坚决抵制出轨"的单身 OL 的话题。

您说过，只要对方不是单身就绝对不和他交往吧？

女3：嗯，说来是的。其实我已经 40 岁了，但时至今日还是相信自己总有一天会邂逅那个"真命天子"。

的确（笑）。大家都想着穷其一生只为和那唯一一个跟自己珠联璧合的人在茫茫人海相遇，永结同心，之后彼此海枯石烂心不变，相爱到永久。

女3：不好意思，是这样的。

女1：这有什么不好意思的？

女2：这就是传说中的"红丝线信徒"和"白马王子幻想家"吧？

女3：有点怪吗？

呵呵，世上什么样的人都有，这也没什么。您父母也是这样吗？

女3：不，我父母三观不合，算不得关系特别融洽的夫妻，所以我也没对婚姻抱有太多幻想。相比之下，只是渴求一份纯真的爱情。

那你父母大概常说您只是还没遇到"真命天子"，总有一天会遇到那个红绳一线牵的人。您的理想型是?

不用太成功,也不用高官厚禄。只要没什么心机,为人诚实,眼里只有我就好了。

一辈子眼里只有你一个,这样的要求怕是比较困难。雄性生来就是不停东张西望的生物。要想满足你的要求,大概找个雄性淡薄的人比较好。

是吗?可我还是喜欢比较有男人味儿的。

又有男人味,又不拈花惹草……那估计就是身体不大好的人了。

难道就没有身体健康、坐怀不乱的人吗?

硬要说的话,只有娘娘腔了吧。

嗯?跑偏了吧。

只要是雄性,必定东张西望,心思活络。要找不会心猿意马的男人,大概只能找雄性淡薄的人。

可是,并不是说就完全没有那样的男人啊。

极少。从男人的本性来说,一辈子只和一个女人发生关系,一辈子始终只爱一个人,估计是不可能完成的任务。这让我想到了之前说过的显微镜下看到的精子的样态。

对,听您说过。

在显微镜下观察精子,那小蝌蚪一刻不停地动来动去,不断向卵子靠拢。看了这个,或许就能了解为什么男人在性方面无法安稳了。

女3 这在精神层面上没什么不对吗？

所谓性，是包括精神层面在内的万事万物的原点。假设男人能够坐怀不乱，也是有时效性的。能忍个两三年的还是大有人在。在下也能忍个一年左右。

女1 还以为能再长点呢。

说得保守了些，其实应该更短的（笑）。您之前遇到过认为"对的人"吗？

女3 嗯，有几次。即便是我认为"对的人"，看到他的缺点后，热度很容易就冷却下来。比如对方的一句话，就会让我觉得"果然还是三观不合"啊，"考虑事情的方法不同"啊。尤其是如果被我看出没有诚意的话，绝对不行。

没有诚意指的是？

女3 二十多岁时有个有结婚意向的对象，那个人一听我说结婚的事，立马岔开话题。我觉得他就是在逃避责任。

是因为那男人没想结婚吧（笑）。与其说他岔开话题，不如说是不想谈结婚的事。讲得更直白一点，你被甩了……（笑）。非要责备他逃避责任，就有点错怪了。

女3 是嘛……

诚实有时是沉重的负担

你是属于相当禁欲系的类型哦。之前谈论出轨的话题时也说过"想要 100% 的爱"。

我无法理解为什么男人可以同时爱上不止一个人。总觉得结了婚还喜欢其他女人是种不诚实。

不过这是你的逻辑,和男人的逻辑是不一样的。男人和女人原本就是两种完全不同的性别。看看胴体就明白了,男人身体正中间垂着阴茎,睾丸不断产生着精子。

而另一方面,女人为了养儿育女,拥有子宫和乳房,通常由卵巢产生女性荷尔蒙并受其影响。身体结构如此不同,精神层面上当然也天差地别。换个角度说,要想符合你的标准,对男人来说可能是相当强人所难的。

是吗?

你所说的"诚实",根本上来说指的是一旦喜欢上某个人,就绝对不能变心吧?可假如一个男人和你结婚之后,也可能会发现一些之前没有了解到的你身上存在的缺点。要求统统无视,始终爱你如初,这也太过严苛了吧?

这……大概确实很难。

要说诚实是不是总是对的,其实有时也很让人困惑,也会成为沉重的负担。

嗯?怎么会呢?

举个例子,假设你死心塌爱上的男人离你而去了。那个时候,你可能恨得不行:"我那么一心一意地爱着你,你还要离开?!"可你的死心塌地和一心一意对那个男人来说却是非同一般的负担,让他苦不堪言。而且人的感性和价值观是不断变化的。就像二十岁时感动不已的电影、音乐和小说,到了四十岁时却觉得无聊至极一样,年轻时选择的异性到了中年也可能觉得无趣。从这个意义上来说,你所希望的"100%"或者"绝对"在这个世上并不存在。

这一点我明白。变了就变了,但不要见异思迁,不要态度敷衍,应该先把之前的关系整理清楚再走进下一段。

但是现实生活中一旦结婚,很难轻而易举地清算眼下的生活,就像你所说的三观有点不一致啊,考虑问题的方法不合拍啊,要是把这些当成理由就分开过,那只能不停换对象了。

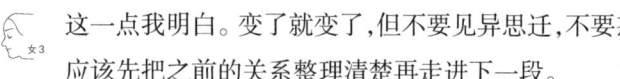大概日本大部分夫妻都要分开过了吧?(笑)

是啊(笑)。现实生活中的人成不了那种程度的原理主义者,尤其是男人,也不是那么干脆利索的生物。这一点大概《妇人公论》的读者了解得更透彻吧。至少五十岁以上的读者要是听了你的言论,十有八九会觉得是你不对,会说:"日子可不是那么容易过的哦。"

好郁闷。

好了,别搞得那么深沉(笑)。想法稍微调整一下就好了。

人越过越宽容

你提到三观不一致、考虑问题方法不合拍这些问题,是因为男人和女人是全然不同的生物,加上成长背景不同,从感知方式到考虑方法,当然有无数不同的地方。所以,要想在一起过,

> 不相互妥协是不行的。

 这我是明白的。

> 我问一句啊,你从前和交往的男人也发生过肉体关系吧?

 嗯。

> 发生关系后,彼此的爱意进一步加深了吧?从喜欢的程度上来说,发生肉体关系后爱得更猛烈了吧?

 虽说发生了性关系,但我并没有什么急剧变化。反而是看到朋友发生性关系后就黏上了男朋友,觉得挺腻味的。

> 可这才是自然而然的啊。特别是女人,肉体关系比较愉悦的话,很容易对对方更加执着。而且,不管男人女人,就算觉得之前"和这个人意见相左""理解不了"之类的,一旦相拥相交,那些差异就随风而去了。

 哦,懂了。就算意见不同吵了架,一上床就忘记了。

 是吗?换成我,意见不同这一茬还是绕过不去。

> 呵呵,这种事因人而异啦(笑)。不过,一般来说,肉体关系有让男人和女人这两种不同的生物深化关系、稳固关系的效果。

 我只要有一点不痛快都压根不会和对方发生肉体关系。所以,就算妥协,妥协到哪里才算头呢?

> 你啊,那种不染一尘的纯粹性(笑),大概只能静待随着岁月流逝而土崩瓦解。

 感觉还要等很久。

已经过了很久了。

 到底要等到什么时候呢?

基本上,男人是粗枝大叶,女人是严于律己的,但你的洁癖尤其严重。男人和女人都是通过累积社会经验,慢慢接纳彼此的差异和矛盾。

其中倒是也可能存在号称"绝不妥协"的人(笑),这样的人随着时间推移,某种程度上也会变得宽容。要说为什么会这样,是因为逐渐意识到自己内心也存在"不诚实"。或者说,每个人身上都存在某种可以称之为不诚实的任性。

 我最近也慢慢感觉到了这一点。

意识到这一点,渐渐就明白了不能因此而批判他人。正如刚才所说,人是肯定会变的。你也是,就算你和自认为"真命天子"的男人结婚了,在漫长的婚姻生活里也未必不会心生厌恶,朝三暮四。(笑)

 是啊,那是因为我的接受范围也一点点变得宽广了(笑)。不过,这么一想,我好像最终也难免沦为污浊的成年人,有点可悲。

这可不是污浊哦。正相反,这叫成长。慢慢地,对和自己不同的事物也能发动想象力,站在对方的立场上想一想,宽容地接纳那人内心存在的形形色色的矛盾。不过你比较特别,你似乎是执着地希望恋爱从一开始就必须完美无瑕。

 我总觉得如果一开始不能完美契合,就"不对"。

这样岂不是没法恋爱了……

从一开始恋爱就追求一种完成时的状态,太强人所难了。其实所谓恋爱,是一段共筑二人关系的过程。

 是……过程吗?

是的,什么讨厌男人朝三暮四啊,讨厌不诚实啊,期待从一开始就眼里只有你等等,未免太过任性了。恋爱本就存在偶尔的朝三暮四、些微的不合心意之处。

这也是一个让那个男人通过种种努力不断向自己靠拢的过程。尽可能地让对方只钟情于自己一人,对方和自己都不断改变的这个努力的过程本身,才是真正的爱。

 不断改变的努力过程……稍微能够理解了。

 就过程来说确实是这样啊。我也是这才恍然大悟。

 我一贯是支持渡边先生的哦。把恋爱放长远来看是很重要的。

咦?今天大家全都赞成我的观点,倒是难得一见啊(笑)。不过,的确是以更豁达的心态来追求爱情比较好。过于吹毛求疵,有可能永远错失良机。"人生苦短,及时恋爱啊姑娘们。"这才是不折不扣的箴言啊。(笑)

083

PART ❷
形形色色爱的形式

女2个人资料

  四年制大学毕业后在出版社工作。25岁时，和工作中结识的男人结婚。33岁那年，在丈夫的理解与支持下前往美国留学两年，回国后丈夫却以"爱上了别人"为由离婚。之后以自由编辑、自由撰稿人的身份谋生。离婚后异性关系不太顺利，目前没有男朋友。四年前和渡边先生在出版社的聚会上相识。最初对渡边先生的印象是"写男性主导的恋爱和不伦小说的知名作家"，通过这次对谈，观念转变，认为渡边先生是"对女人的肆意指责和言论攻击无限宽容、讲起道理来通俗易懂的实力派人生赢家"。与此同时，自己的男性观也大有变化。惊讶于"鲜活的男人原来是这么考虑问题的"，同时，也发现自己虽然从小学到大学都是男女共学的环境，身边时常有男性存在，过去却从未意识到男女之间的差异。另一方面，始终抱有"男人真有这么不同吗"这一永远的疑问，彷徨在没有结果的恋爱的荒原上，现年42岁。

话题 11 / 潜伏在"萌"热潮里的男性性欲

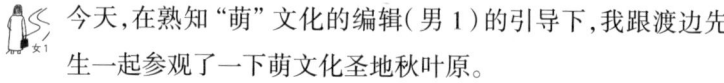 今天,在熟知"萌"文化的编辑(男1)的引导下,我跟渡边先生一起参观了一下萌文化圣地秋叶原。

去了年轻女侍穿着女仆装的女仆咖啡屋,去了碟片店和人偶店。

 那么你们的感想是?

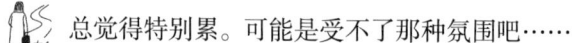 总觉得特别累。可能是受不了那种氛围吧……

我也是。觉得以少女为主角的过火的性爱漫画很有违和感,店里摆满造型不堪入目的人偶娃娃,实在看起来很不舒服。

人偶娃娃也有很多种哦。小的能放到手心里,大的跟人差不多高。价钱也有很大浮动空间,从几百日元到几十万日元都有。

替换用的娃娃服装也是应有尽有。单是想想这些都是由男人来脱脱穿穿,就够晕的了。

感觉女仆咖啡屋如何?

那里倒是还好。至少女侍还都是鲜活的女孩。

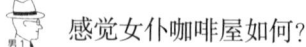 都是些又年轻又可爱的女孩。

点了咖啡,就跪在那儿帮你倒上牛奶,说:"可以的话请为我点个赞。"还用娇嫩的声音问:"请问要放糖吗?"(笑)

付钱的时候一起到了收银台,收银台的女孩算错了站在前面的那个男人的账,说了声:"啊,错了。"然后那个男人对我说:"您先请,我后面再说好了。"乐滋滋地跟我换了位置。感觉他只是想多在那个女孩旁边待一会儿。那有什么好高兴的,真是无法理解。

我也完全无法理解。

是吧。我是男人,所以我自然能够理解。

是吗?

所有男人都很乐于享受在如此年轻可爱的女孩身旁攀谈的乐趣。

可是对话也仅限于"您慢走""您的找零是多少日元""啊,算错了"之类的程度吧?

那就很开心了啊。自古以来,男人为了接近漂亮又有魅力的女人,都要开启花钱模式,这跟银座的俱乐部没什么两样。况且像女仆咖啡屋这样的店里,只要区区 500 日元一杯咖啡,这个愿望就能实现。说来也巧,与此类似的店从前就有,叫"美人茶屋"。

美人茶屋?

女侍全是美人(笑)。不过那些女侍不会像女仆咖啡屋的女仆这样展现出温柔侍奉的姿态,也不会跟客人交谈嬉笑。从这个层面上来说,如今还是进步了。尤其是聚集到那里的男孩们平时得不到和那么可爱的女孩接触的机会,通过光顾这里可以得到满足。这么说来,"萌"热潮的核心跟从前毫无二致,都是某种男女关系的基本问题。或许世人中也有批判说不正常的声音，但起码热衷于"萌"的男人在喜欢女人这一点上是正常的。

啊？那是正常的吗？

聚集在那里的基本上都是些戴着眼镜、背着双肩包、稍微有点低头弓背这种感觉的男的吧？

一句话，不大有异性缘的类型。

总感觉很沉闷，我在实际到店之前也有些先入为主的观念，以为被束缚在这些形象里的男人应该很羞涩，没大有男子汉气概。可真的去了一趟，看法就改变了。他们乍一看都老实巴交、文文弱弱的，其实内心隐藏的激情十分高涨。

内心隐藏的激情？

指的是性欲的激情。他们内心实打实地涌动着身为男人喜好女色的欲望。和女人接触的欲望以及追求女人的想法其实比一般男人更强烈。

你看看"萌"粉制作的同人杂志，里面虽说写着"萌和性欲全然不同"，但那都是打打官腔而已。只是有意显示出我自愿身处其中，只是出于爱好的态度，实则暴露了其强烈的性欲。

是啊。那种时候打官腔都是掩饰男人的本性。

恋爱后进生急剧增加

可宅男不是都很痴迷于动漫和人偶吗？生活中明明有那么多

088

鲜活的女性。

就是,太奇怪了。就算去女仆咖啡屋,也并不是和鲜活的普通女性接触啊。

那是因为他们靠近不了鲜活的女性。

这是为什么呢?

简单说来就是害怕受伤。

啊,果然如此。之前在秋叶原见过一份"和等身大的人偶模特过二人世界的房间"的广告海报,上面写着"您绝对不会受伤"。

究竟会受什么伤啊?

比如说要求和女性交往或者发生关系被拒,可能会遭受打击。反之,就算是对方倒追,也可能进展不顺利跌入低谷啊。这种时候,如果女人埋怨"真无聊"或者"就不能做得更好吗",类似这些话,对他们来说就是莫大的伤害。

尤其是现在的女人都喜欢说得非常直白,自我意识也很强。当面被怼,男孩子会很受挫。

就这啊。这也太没出息了。

你们这么说是因为你们没在现实生活中遭受过这样的待遇。(笑)

是啊,犀利。

可能现在的男人远比女人想象得更简单、柔弱。不,应该说男人从来都是这样。再进一步说,问题在于在这种状况下 P 君不愿勃起啊。前面也说过,男人有着"下方愿望",面对处于自己下风的对手比较能够变得强势。

从这个意义上来说,现在对男人来说是个受苦受难的时代。我本人也是希望有个顺从的女人温柔地服侍我,可这样的女人现在根本不存在。(笑)

 这么说来,女仆咖啡屋里倒是有女孩子跪着提供服务。

这样的细节就完美地满足了男人初步的愿望。

 男人在女仆咖啡屋里所寻求的比性感更重要的其实就是那种温顺可人的态度啊。性感过头也不行。听说之前有家店在地板上装上了镜面,客人就不肯来了。

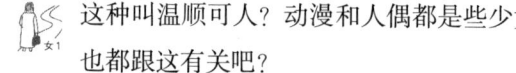 这种叫温顺可人?动漫和人偶都是些少女和年轻女性的形象也都跟这有关吧?

我想是有关系的。男人基本上都是喜欢年轻女性的肉体,也都认为年轻女性格外顺从一些。实际上再没有比年轻女性更残忍的了(笑)。不管怎么说吧,"萌"热潮的原因之一就是因为女人不断变强,能跟自己的需求匹配的女人不断变少。

 您说"原因之一",难道还有其他原因?

恋爱领域的后进生急速增多,这也是一大原因吧。

 恋爱后进生?

明明想要抓住女人的心,却怎么抓都抓不住,这样的男人从少数派渐渐变成了大多数。这都是因为现代社会人人都是自由恋爱了。

 这是怎么回事呢?

在过去,多数都是刚到一定年龄,就和父母指定的对象结婚了。可现在盛行自由恋爱,个个都是自由选择对象。所有的恋爱结婚形式里,通常来讲是自由恋爱比较好,但是自由恋爱必然引起失衡。

 失衡?

从前,尤其是女人,一到适婚年龄,父母和四乡八邻纷纷诘问"你都25岁了还不赶紧结婚"或者"都这年纪了还单身,有何面目面对世人"。所以,就算觉得对方不怎么满意,也就忍了结了。周边都是熟人,会有很多相亲机会。

这么说起来,从前结婚比现在简单,基本上所有人最低可以确保一个对象。可现在相亲结婚越来越少,认为不结婚也挺好的女性不断增多。这样的结果是,一对一的组合快速分崩离析。

 是吗?

看看学校里也能大致了解,班里非常受女孩欢迎的男孩也就几个而已吧?自由恋爱的话,资源都集中到有限的几个男的这里。换言之,其余的一大半或者说八成左右的男的要被女性拒绝。自由恋爱无法保证一对一的平等性,是极为严苛的制度。

可反过来也是一样啊。男人的眼神也都聚焦在一小部分女人身上。

话虽如此,现实生活中还是男人更艰辛。要问为什么,是因为男人性欲比较强,就算不是心中的第一顺位,也还是想和对方保持关系。尤其是16-20岁左右的时候,男人的性欲达到顶峰,而相对来说,这个年龄段的女孩几乎没什么性欲。

这些全然不同的男女在班里按照喜欢程度排名从上往下对应组合的话,到了排第五的男生和排第五的女生或许还能交往顺利,但排第六的女生可能就会对排第六的男生说"NO"了。心想:"和这人交往,还不如自己一个人。"

失去了从前那种半强制性的组合制度,女人的要求不断拔高,所以人气不高的男人找到对象的可能性不断降低。可要说被拒绝的男人该怎么办,那么只有去那样的店里了。"萌"热潮正是在这种背景下诞生的。

"被拒征候群"的恶性循环

 这种情况下,还有个办法就是去类似夜店那种地方,可以不扑向那种小电影和充气娃娃。

那种地方又花钱又有染病的风险。完全不了解真正女人的男人最容易担心这担心那的了。

 去正常地追女人就好了啊。不惧失败地多多尝试。

他们认为他们有自己的尝试体验。可就像刚才说的,女人即使偶尔和他们接触一下,也不会轻易答应更近一步。原本年轻男女之间性欲之门大开,偏偏被冰冷拒绝,男人能不心如刀绞、落下精神创伤嘛。尤其年轻男人又那么单纯,恋爱不顺的话,就会慢慢消沉、抑郁,变得偏执。这么一来,渐渐越发不受女人欢迎,所以就有了"被拒征候群"的恶性循环吧。(笑)

好像懂了。(笑)

这个阶段可以如鱼得水的男人,长大成人后也能和女人交往顺利。不过女人选择标准严苛,从古至今都是如此。过去,找不到伴儿的男人多如牛毛,这些男人只能看看裸体写真和小黄书打打手枪而已。现在拜科技进步所赐,生产出了那么精致的充气娃娃。这本身已经是很大的进步,不错不错。

还是不懂啊。那种娃娃是种"进步"?

还是写真和录像更有真正上床或是和鲜活的女性接近的感觉吧。

可是不管怎么说,娃娃毕竟在形体上更接近现实生活中的女人。

能活动手脚的娃娃也很大个儿了。可以随心所欲地给它换衣服,摆出喜欢的造型。听说男"萌"粉们把动漫和写真称为"二次元",把"娃娃"称为"三次元"。

说到"三次元",通常是指鲜活的女性了(笑)。的确,单纯地只是看看小电影上那种拍摄出来的形象还是不够的吧。男人内心还是希望可以随心所欲地摆弄女孩,可以触摸胸部,可以把女孩的双腿分得更开等等,让自己的欲望得到宣泄。在这方面,充气娃娃就有了压倒性的优势。

可感觉挺偏执的,凭那玩意儿就能得到满足了?

满足是满足不了的。所以有人最初从几百日元的起步,逐步升级到十万日元以上的娃娃。有人到这样都无法满足……

那怎么办呢?

配上小电影啊、娃娃啊、女仆咖啡屋女侍应的声音好好享受呗。从前我还见过有人把录音机带进店里录女孩声音的呢。

因为在这一点上男人的想象力极其丰富。看看现实生活中,但凡各式各样这方面的技术革新,几乎都是男人的杰作。(笑)

话虽如此,可看了还是觉得挺悲哀的。

我也是。虽说我也有自己亲手从一个个零部件开始组装起来的模型……

那玩意儿估计都是深更半夜两三点钟独自在房间里组装的吧?(笑)

这情景让我想起了都春美的歌,歌里唱道:"已经穿不下的毛衣啊,是严寒中织起来的。"

"是远方的姐姐耐着严寒织起来的。"(笑)请你们不要忽略了男人的这些悲哀啊。还是有许许多多男人杀到秋叶原,掏出五万甚至十万日元买个娃娃,或者为了跟女侍应聊上寥寥数语而跑去女仆咖啡屋。这都是青年男士们对女人的渴求无比急切强烈的表征。女人因为没有那么强烈的性欲,可能没办法明白,男人的性就是那么急切又悲哀的冲动,这一点还望各位理解啊。

话题 *12* / 追求双膝跪地的女人的男人们

 之前讨论了一下"萌"热潮。这次邀请男1也加入进来,一起再聊聊。

 上次先生说:"男人都希望女人能够温顺地服侍在侧,可现在这样的女人根本不存在,所以才去女仆咖啡屋这样的地方。"

> 因为如果可能的话,最好能相比之下处在女人的上风地位,这是多数男人共通的心愿。到了京都的红灯区,传单上写着"老公大人"。

 "老公大人"……

> 如果有可能,男人都希望能被女人这么称呼,这么重视。

 女仆咖啡屋迎客时喊"您回来了",离店时喊"您走好",也有男人说这样挺无聊的。

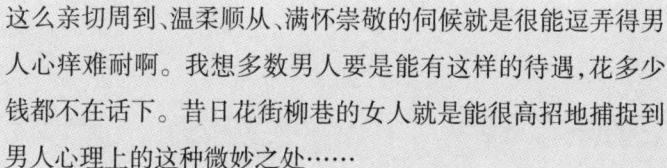

这么亲切周到、温柔顺从、满怀崇敬的伺候就是很能逗弄得男人心痒难耐啊。我想多数男人要是能有这样的待遇,花多少钱都不在话下。昔日花街柳巷的女人就是能很高招地捕捉到男人心理上的这种微妙之处……

 女人百依百顺,男人就高兴?

> 究根结底还是男人在性方面的嗜好。之前也讲过,P君从自己的立场出发,面对比自己低微的对象会勃起得更起劲。

女人很难理解这一点。

你们没有这个部位,自然理解不了(笑)。总而言之,P君志在拿下弱势一方,女人越是惴惴不安、怯怯生生,它越是威武。

 嗯?这……真是个坏家伙。

不是有男的强行绑架关押女性施以暴行的事件嘛,那实际上是当事人单方面实施了男人们都怀有的一个基本愿望。当然,那不管怎么说都是违法乱纪不被允许的,但在尽可能不形成犯罪的范围内试试看,有这门心思的男人是有相当数量的。

 这不可能啊。

诚然,现在来看很难做到。形式上虽然不大一样,但从前的婚姻里其实有相近的地方。

 怎么回事?

比如,古时候的世家名门里,丈夫拥有绝对的权利,妻子对丈夫无条件服从。过去女人没有独立生活能力,不顺从丈夫没办法生存。尤其武家社会是不容争议的男尊女卑,女人对身为一家之主的男人尽心竭力是理所应当的。

可到了现代,这样的女人几乎不存在了,唯一仅存的地方就是女仆咖啡屋,去那里还能享受到女性俯首帖耳的下跪式服务,而刚踏出店门一步,男人就得跪倒的情况是越来越多了。(笑)

 从前,我跟一位女记者为了做些"萌"文化的取材去过女仆咖啡屋。当时那位女士就说,这些女孩那么殷勤地说"您回来了"之类的,哪怕在家自己也从没跟老公说过。

女人真是没想到这种小事对男人来说那么重要啊。

您认为是"这种小事",那您会对喜欢的男人做这些吗?

 不啊,不做的。

是吧(笑)。很多女士都觉得是"小事",问下来,很多人都回答"从没做过"。不过,做与不做,天差地别。

秋叶原还有家"女仆按摩"店。一到店就有人帮你脱下袜子,为你做十五分钟左右的足部按摩。男人的袜子称得上被女士嫌弃的代表性物品了吧?有男人说,能为你脱下这个,意味着最高程度的服从和侍奉,较之一般的夜店更加刺激。

从前,对妻子来说,丈夫本来就是值得侍奉的"主人",所以体贴入微到那个地步做好那些服务是自然而然的举动。比如,丈夫醉酒回来,啪嗒一下倒在玄关那儿,帮他脱下衣服并架他进来是理所应当的。

 现在好像成了由着他在地板上横躺竖卧了。(笑)

如今有的妻子也不肯洗丈夫的内裤了吧?(笑)

 还有人用筷子夹起来放进洗衣机。(笑)

 不过至少我的朋友都还称呼丈夫为"主人",比如说"我家主人今天做了什么什么"。

那是对外,把"主人"当个名字在叫,要说有没有像对待主人那样侍奉,那是基本上没有的(笑)。所以,在女性朋友面前提及"我家主人……"只是在彰显"我结婚了有人养了哦"这件事。

我有个朋友说"我家主人就是个往回交工资的鱼鹰",而她自己是饲养这只"主人"的饲养员。

"主人"相对应的是"仆人"啊(笑)。爱的核心是"敬爱"。过去女人对男人是称得上敬爱的,而现在就算有"爱",也不存在"敬"的部分了。事实上,如果不能尊敬对方,男女之间的爱就难以持续下去。

不只是女人对男人,我们希望男人对女人也能有敬意啊。

那是当然,是这么个理。只是近来女人对男人的敬爱已经相当淡薄了,不是吗?尤其是白领夫妇,很多妻子没见过丈夫工作的场景,很难萌生敬意。丈夫回到家来,别说去玄关出迎道声"您回来了",远远说声"嗨"就不错了。(笑)

守在电视机前纹丝不动。(笑)

那也就算了,哪怕跟我们说点什么也好啊——常常连这也做不到。

怪可怜的。这下明白男人对"萌"趋之若鹜的心情了吧?(笑)

对四十多岁女人不利的时代

不过,我是对男人怀有敬意的。因为我读的是女校,周围没什么男性,而且我父亲也很棒。

那很值得称道。(笑)

我读的是男女同校,吵起架来总能赢过男生,所以成年以后比较难以无条件地敬重男人。心理上倒是觉得他们比较弱,需要好好保护。

尤其小学阶段,都是女生比较强。运动、学习,女孩样样搞得定,主持班级事务的也是女孩。对顺从的男孩颐指气使,"喂,把那个拿过来"之类的。

这种记忆深深烙印在心里,对男人来说也很痛苦。我一个小学同学就说:"那时感受到的对女性的恐惧时至今日无法消失。"

> 大致上,男人比女人更简单,更脆弱。这么说可能有点过,但女人的确生命力更强,尤其小时候就显露出来。再等到长大成人,结婚成家,共同出入职场,也是妻子更有能力,薪水更高。现代社会里,让女人敬重男人的确很难。要想维持一颗对男人的敬重之心,可能至少在小时候还是像从前那样两相分离比较好。

我儿子九岁了,总是被大女儿欺负。

将来会去秋叶原吧。

嗯,这就已经能预测得到……

可是,男人真的那么想让女人顺从吗?我是没看出有这类言行举止。

> 那只是在你们面前不好表露而已(笑)。简而言之,很难主动说出"要这么做"这种话,但心里是有所期待的。战后六十年,男女关系急遽变化。女性也掌握了话语权,但在肉体这一基本点上没有发生任何变化。

可世道变了,难道这一点没有随之发生变化吗?

这部分没变。性方面的喜好和倾向是生理问题吧。很多人产生错觉,以为世上的风俗、伦理都变了,所以就连性也会有所变化,其实人的生理是千年甚至两千年都丝毫不变的。

比如,或许今后男人的阴茎会慢慢退化,但那都是以十万年为单位计算的事了,"若非这样男人不会勃起"这一事实恐怕几千年都不会改变。大体上,男人的"下方愿望"始终没发生改变,这一点去看看女仆咖啡屋就尤其清楚了。这种感觉可能从战前到现在都没发生过改变。

那就尴尬了。我本来还想着要对男人多加一分敬意呢。

可现在加不起来了,是吧?(笑)

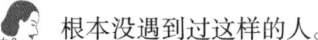根本没遇到过这样的人。

这对女人来说也是种不幸啊。最好还是有个人能让你发自内心地觉得对方很牛很棒,值得敬爱,而不是硬着头皮捧他,现在的男人都从小就被看扁了。

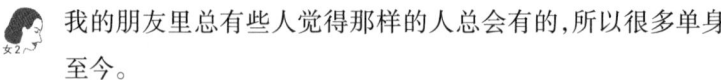我的朋友里总有些人觉得那样的人总会有的,所以很多单身至今。

就像留在秋叶原的男人有很多一样,女人也有很多剩下了。

剩下的估计是你们这个岁数的人吧?二十来岁的女人可不会剩下。(笑)

啊,你太过分了(笑)。不过,深陷于"萌"热潮的男人可是

三四十岁的人居多哦。

这倒是。不过就算上了年纪的男人,估计照样还是瞄准二十二三岁的女人,不会去关注四十多岁的女人。

呃,那倒也是……

多数男的都坚持认为女人一过四十岁就变得出言不逊,很恐怖。事实上,直言不讳这一点反而是年轻女性更甚,多数上点年纪的女人其实在某种程度上会对男人更温柔、更有包容度。这一点阅人不多的男人未必懂得,可能也没有挑战中年女性的勇气吧。从这个意义上来说,现在可能是最不利于你们这个年龄段的时代,其实明明是最魅力四射的时候。

那么体谅我们,真是谢谢您了。(笑)

女人啊,请对男人温柔点

追捧"萌"热潮的男人也都有些自己的偏执,对象并不是任谁都可以吧?

当然。相反,沉迷于这种潮流的男人缺乏现实经验,自顾自天马行空地想象,有些理想主义。

这一点就不大好。

上次也说过,从前那种半强制式的结合方式土崩瓦解后,大家都获得了自由。但是在男女关系上相互不匹配的人也变多了。现在信息过量,男男女女的理想值都设定过高。加上眼下女性日益强大,男人纷纷胆怯退缩,女人也为找不到能让自己倾心尊敬的对象而倍感困扰。

那怎么解决这些问题呢?

尤其是现在,彼此调低一点要求,对象还是大把大把的。而且其实这种问题不必太担心。"日本少子化"的话题不也很是骚动了一阵嘛,这事也一样,总有一方会摇摆复位。

摇摆复位?

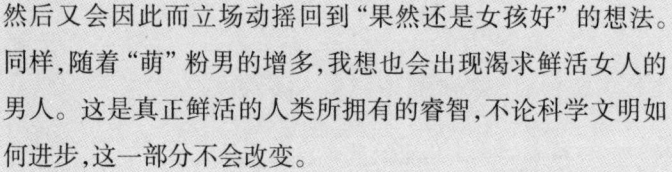
这样随着"萌"粉男不断增多,相应的没办法和鲜活的男性接触的女人也不断增多。长此以往,肯定又有人有所动摇回到原地,彼此找到一个妥协点。比如,现在能选择性生育了,出生的男孩变多,所以男人数量也增多,相应的,男人的价值就下降了。

然后又会因此而立场动摇回到"果然还是女孩好"的想法。同样,随着"萌"粉男的增多,我想也会出现渴求鲜活女人的男人。这是真正鲜活的人类所拥有的睿智,不论科学文明如何进步,这一部分不会改变。

可演变成这样未来要花上数十年乃至数百年。

身处这个嬗变过程中的人如何是好呢(笑)? 的确,现在由于痴迷于"萌"热潮的男人们眼下难以找到其他解除压力的方法,那么,至少为日本经济的发展做出贡献了。(笑)

看这趋势,"萌"产业行将冲向一兆日元规模了。

可还是希望广大男性能多多面对鲜活的女人们。

说是这么说,各位女士们要是面对讨厌的男人,哪怕劝多少次,也不会接受的吧? 女人具有毅然决然以及赤诚正直的特

性,讨厌就是讨厌,咣当一下就把心扉关闭了。所以再劝说"挑战试试"也不会有什么说服力。(笑)

结果就是一场游戏。(笑)

男人嘛,试上几次都被弹回的话,就觉得还是去去女仆咖啡屋,组组可爱女孩的人偶更现实一点了。(笑)

有些懂了。可是,先生,您最后有什么建议给沉迷于"萌"热潮中的男人吗?

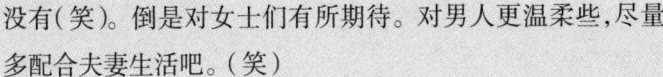

话题 *13* / 让男人发情的女人之罪

前段时间,私营地铁里启用"女性专用车厢"成了话题。

可以安心乘坐了。我从前在通勤路上可是遇到过好多次色狼。

单单是不用和陌生男人紧挨着这一点就很让人欣喜。

我想男人们也很高兴有女性专用车厢的出现。

嗯?男人也高兴?

满载的车厢里女性减少,对男人来说也是好事一桩。

不是很明白……

因为从另一个方面看,对男人来说,在狭小的空间里和女人密切接触也很痛苦。

是吗?男人难道不开心吗?

我也是这么想的。能那么厚脸皮地紧贴着人,男人肯定喜不自胜啊。

被接触的女人肯定不快吧,其实对于色狼一方来说也有麻烦。谈及为什么男人会动手动脚,说简单也简单,就是因为身旁有女人。男女以那么密切的状态塞在一块儿,发生那种事也没什么不可理解的。某种意义上来说或许是必然的。

您说必然,我觉得有点奇怪。

是的。咸猪手可是犯罪哦。

 当然,这点不假,但是也请考虑考虑男人的生理情况。所谓男人,是种光是看看女人走路的样子也能心痒痒的生物。

 心痒……

 尤其是近来女人们喜欢穿中门大开的衣服,从胳膊到肩膀都袒露在外,随心所欲,暴露程度很高。和这样打扮的女性同在一个狭小空间里摩肩接踵,要说别有接触也太强人所难了。

这就是男女大不同之处,可能也很难指望诸位理解。女人单单看到男人是不会萌动情欲的吧?看到某个男人的身形,比如说肩膀、胳膊、屁股之类的部分,就情思涌动想去触摸之类的。

 完全没有这类经验。

 想象不出。倒是也有女人明讲喜欢"被男人的手触碰"的,但绝不是心痒有想法。

 不过,对男人来说倒是常事。男人的心痒进一步传达到 P 君,引发物理性的勃起。你们身体上没有这个构造,可能无法理解,但这不是自己的意志能控制的,男人也感觉很难堪。男人的心痒是一种雄性的本能,是上天所赐。

 也就是说出现色狼得怪上天了?

 被造物主造出来就是要发泄情欲的。在动物世界里也是同样,狮子、鹿、角马都是雄性之间一番争斗,胜者挑选雌性。雄性之间为什么宁愿赌上性命也要殊死一战呢?就是因为雄性体内有着强烈的性冲动。造物主安排了男人这么容易发情，这一点还望诸位女士给予谅解。不断让男人发情的其实无非就是……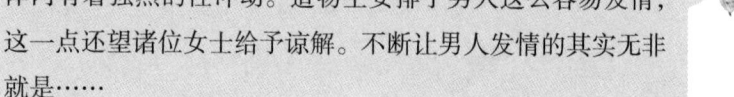

什么？

你们所拥有的女性肉体啊（笑）。女性的身体就是为了让男人发情而精巧架构起来的。男人单是看了对方的小腿就会产生性冲动，上天就是特意这么设计的。

是吗？

在男人看来，女人的身体，前、后、左、右统统都具备让人发情的魅力。尤其是脖颈啊、胸部、从胸部到腰部的线条。旗袍下摆的开衩处大腿惊鸿一瞥啊，从领口窥到点胸前春光啊，撩一下头发露出脖颈啊，光是这样，男人就已经蠢蠢欲动了。

或许女人没怎么意识到，从腰部到屁股那一带也是视觉敏感地带。单单看到紧身裙和内裤包裹下的屁股轮廓，就很有让人想要触摸的欲望了。

能注意到屁股还真没意识到。那里连自己都不会看。

可也有些女人会穿能特意强调那些部位的服装哦。

是吧。不做强调都想摸了，还要在衣着上进一步强调。这种情况下说让人"不要发情"，无异于泼油不让着火。（笑）

男人发起情来强烈又有突发性

可就算乘坐满员电车，不当咸猪手的男人也比比皆是。

是的。还是胡乱动手动脚的人太好色。

确实,有乱伸手的也有不那么做的,这不是好色程度的问题,是能否抑制住性冲动的问题。男人都会蠢蠢欲动,不过还是分人,有的能控制得了自己,有的做不到。嗯,也有从一开始就坚决放弃乱来,绝对不正眼看女人一眼的人。(笑)

有的有的。就是那种跟贝壳似的把自己紧紧闭合起来的男人。(笑)

这样的男人可能总有一天会爆发。

乱伸手的人和守规矩的人是意志力强度不同吗?

也有这个因素,不过更重要的是取决于有多大出人头地的欲望和对未来的期待有多高。多数人考虑到社会地位和升迁,拼命压抑自我。相反,多数乱伸手的男的基本上是已经放弃了出人头地,从一开始就没对未来抱有期望的类型。

可还是自控力不足吧。只需再多一点压抑自己性冲动的控制力……

这部分再怎么跟女士们讲也讲不通,所以尽管说了也白说,还是提一句,都知道《今昔物语集》里有个《久米仙人》的故事吧?

嗯?久米仙人?

久米仙人经年累月苦苦修行,终于修得一身神通。有一次,施展神技飞上高空,看到一个在小河边洗衣服的年轻女子,裙裾晃动,白皙的小腿偶然闪现。这一瞧不要紧,仙人动了色念,惨落云头，坠入河中（笑）。仙人本该是脱俗之人，也就是在抛弃七情六欲之道上登峰造极的人，可那么个场景就让他破功了。

男人不知检点的事儿可是经常被编成故事的。

这是如实描述了男人的情欲是如何具有突发性、如何强烈的故事。男人明明是"容易发情的生物"，可现代社会偏偏让人极力压抑这个部分。所以现代男性更辛苦。乘坐满员电车，眼前站个雪肌袒露的女人。

强忍下来想触摸的冲动，换乘另一趟，又有个美女（笑）。乘坐个电车都让人身心疲惫了，抑制发情这件事也很消耗能量，到达公司的时候已经精疲力竭。终于坐到自己的位置上了吧……

隔壁女同事又穿条迷你超短裙。（笑）

瞥一眼都会被人喊："性骚扰啦！"（笑）都说现在是个"压力时代"，究根结底都是身边女人的荷尔蒙在作祟。相比被上司呵斥，或许这方面的压力还更大些。（笑）

女人的时尚也让男人不知所措

确实，近来衣着暴露的女人变多了呢。大家在公司和学校也都穿些看得到乳沟的衣服。

现在女人越来越开放，更加强调身体线条，喜欢展现肌肤。我是不知道这样的女士有没有意识到，但这无疑强烈地刺激到了男人们，给了男人很多压力。（笑）

不过,我觉得女人穿那样的衣服是想向特定的人释放信号。想让自己喜欢的人觉得自己性感。

应该是吧。想到可能会遇到喜欢的男人,就照着最能让那个男人动情的方向打扮。关键是这种情况下,对这位女士而言,她只在对 A 男释放性感信号,可路人 B、C、D、E、F 也都被勾引了(笑)。所以,一旦其中一人想入非非,就会被呵斥:"你算老几!我可只是 A 君的哦。"(笑)

 女人满脑子都是和喜欢的人相会的情景,不考虑过程。

可站在男人的立场来说,你摆出那么撩人的姿态,我一动心却反被呵斥,这就出乎我们的逻辑了。基本上男人的发情感应器何时启动要看女人的姿势,动作幅度起到决定性作用。

比如感应器设定成五分左右启动,女人露出了六七分左右的肌肤,男人已经坐立难安了。久米仙人因看到女子的小腿而坠落,而现在的女人谁还不露个腿啊!(笑)

 意思是说在大马路上和在办公室里,还是不要打扮得过于时尚为好啊。

至少说,既然已经穿了这样的衣服,那就请笑纳来打招呼的男人嘛。不能接纳还是别那么打扮为好,多数男人会这么想。

 还是等见到喜欢的人之后再卸下防护盔甲吧。(笑)

 或者说,你让要人知道你是为了自己喜欢的男人才这么打扮的,写个"我即将去和 A 君约会"之类的卡片别上。

"已归 A 君所有"之类的。(笑)

可很多摆出性感姿势走在大马路上的女人难道真的意识不到自己吸引了不特定多数男人的眼球吗?对这一点我坚信她们一定有所察觉。一方面说着"对 A 君一心一意",可另一方面要是半道儿有人前来搭讪,只要觉得对方不错,就一边嘴上说着"不好吧",一边又不表现出抗拒。

我想这种情况是存在的。

就算被搭讪我也不会跟他走,不过,还是挺想被搭讪的。(笑)

女人的这些算计让男人格外容易失去判断。是说希望这样呢,还是不要这样呢?从表面上完全看不出来。不知所措、倍感困扰的时候就觉得太麻烦了,果然还是小电影和写真集比较好(笑)。

你看,和男人是容易发情的生物相对应,女人内心也潜伏着让男人发情的欲望。你们难道没有这些心机吗,潜意识里?尽管如此,男的真去搭讪了,又故作冷漠了。

哎呀,如何是好呢。(笑)

最近就算在大马路上被搭讪,也多是跟我说"您近来有什么烦恼吧""我会看手相"之类的。

这也太过分了(笑)。话说回来,还是刚才那个女性专用车厢的事啊。

嗯。

据说现在列车数量过少,处于超负荷状态。那么这里就存在引起歧视的问题了。上了年纪的女人乘上去,会被年轻女孩翻白眼:"算怎么回事呀,那个老阿姨。"(笑)

 心想:"老阿姨就算不坐女性专用车厢,也不会有谁想去摸她啊。"(笑)

对对(笑)。这里就产生了女人之间新的对立。所以,地铁公司再投入更多的女性专用车厢好了。我想,那样不管对男人还是对女人来说,都是幸福又安全的解决办法。(笑)

话题 14　适应障碍方面的男女差别

我有个朋友身体垮了，跟公司请假在家休息。

哪里不好了？

说是"适应障碍"。

最近经常听到这个词呢。

确实，这段时间听到的次数变多了。只不过适应障碍本来就是种暧昧不清的表达，有的精神科医生都不承认有这个病症。遇到医学上介于健康状态和生病之间难以准确定义病症名称时，有时就用这个了。

比如说感冒，有些头沉乏力，但又没达到流行性感冒的状态，可能就可以叫这个。究其病因，更主要的是有某些无法适应的事物，变得紧张，引发失眠、抑郁、食欲不振等一系列症状出现，多数是这种情况。

能治愈的吧？

这是所有精神疾患的初期症状，或者半年以内就能治愈，或者进一步恶化，拖上超过半年的话，就会演变成躁郁症或重度精神病。对症治疗的话要开出安眠药和抗抑郁药剂等，但治疗的根本点最关键的是找到形成障碍的对象，消除掉。

我那朋友好像是跟上司合不来。

因为什么呢?

 跟上司合不来,心情不好,谁都会经历。要是把这称作适应障碍,那世界上遍地都是适应障碍了。小孩跟学校的老师也合不来,跟老是唠叨"快去学习"的母亲也合不来。

 青春期满世界都是适应不了的事儿。

 公司职员也是,对上司对同事对工作不满,心情低落,闷闷不乐。可这些是生而为人每个个体都会遇到的问题啊。

 说来也是。

 因为这些事而过度烦恼的人,基本上都太天真太敏感。不过个人想法不同,也可以说是一种借口,或是逃避的口实(笑)。而且也不能一概而论说所有紧张情绪都是不好的。紧张情绪里也有可以给人良性刺激的部分。

 比如,交稿日期迫近虽然让人着急,但只要心里存在想写的念头,就谈不上障碍。当然,对于这样会演变成压力而导致写不出东西的人来说,就只能成为负担。可大部分人即使有这样那样的紧张情绪也不会去看医生,而是选择自行消解。

 喝酒或者沉迷于某种兴趣爱好之类的。

 对对。

 恋爱也是这样呢。

 转移焦点确实能转换心情,但有时又会成为新的适应障碍,雪上加霜(笑)。所以男人通常在酒吧或者夜店跟女人倒倒一肚子不满,在高架桥下的烧烤店喝着小酒骂骂上司"混蛋",借机发泄发泄。

 有的有的。(笑)

偶尔也有男人之间互殴的情况,打打人,被扁扁,也就爽了,称得上是有效消除适应障碍的办法。

 这也太野蛮了。

也有些男人去红灯区。在那儿泄泄心火爽了,第二天又精神抖擞地去公司奋斗。这里面也有个人性格的问题,是否需要去医院,取决于是否能巧妙消解掉那些紧张情绪。

只不过男人嘛,几个世纪以来都是工作在外的,所以可以消解的场所也很多。反而是现在的女士们,紧张情绪可能都累积下来了。

 因为现在跟男人一样勤勤恳恳工作的女性在不断增多。

 也有人选择去做做美容SPA调节一下心情。

在美容院被帅哥伺候伺候就满血复活了。在异性的温暖怀抱里得到治愈,就像男人去酒吧是一个道理。

 家庭主妇们还沉迷于《冬日恋歌》什么的。

 为了见"俊尚"去韩国,非常疯狂。(笑)

这些人知道消解的方法,还挺好的。或许也可以说,是一回到家看到丈夫就引发适应障碍,以至于必须得去趟韩国才能消解。(笑)

114

温柔和优柔寡断

基本上,适应障碍在男女之间也经常发生。我想你们也都有这方面的经验。

有时候,一开始觉得挺好的地方在交往过程中又不能接受了。本来觉得挺温柔的,后来觉得那是优柔寡断了。

因为在男女的适应障碍里,很多都是深入交往之后才了解的东西。

有个朋友因为"收到很多礼物",就跟旅行时认识的人结婚了。可后来才知道那人花钱如流水,毫无节制,又离了。

这种情况属于单纯在"收礼物"这种状态下是适应的吧?对方钱包里掏钱出来的时候还好,可从两人的家庭经费里出就无法适应了。(笑)

一起生活后才会明白,从这个意义上来说,婚姻生活是适应障碍产生的温床。婚是结了,可性生活不和谐等等,光是待在老公身边就够够的了。(笑)

这是老夫老妻的常见病症。(笑)

新婚蜜月期另当别论,经年累月下来,夫妻之间也会产生各种各样的适应障碍。放任不管进一步恶化的话,有时甚至会走到离婚这一步。就算没到这一步,估计存在婚内分居、性生活几乎为零等问题的离婚预备役也相当多。

还有的太太洗衣服时拿筷子夹老公的内裤。

> 这就是显而易见的适应障碍了。（笑）

可大家都是因为喜欢彼此才结婚的,怎么会走到这一步呢?

> 因为谈恋爱时看不到彼此的全部。一起生活以后,每天都要洗对方的内裤,慢慢就厌烦了。同样的问题在丈夫那边也存在。

这么说来,我有个朋友是和收入、人品俱佳的人通过相亲结婚的,但后来说是"生理上的厌恶越来越严重",离婚收场。

> 这位朋友最开始也跟对方上过床吧?

说当时是抱定"我喜欢这个人"的信念而做的。她跟我说,竟然会讨厌这么优秀的一个人,是自己太任性了。

> 问题在于这种"生理上的厌恶",对方和周围亲友能否理解,能理解到什么程度。父母、亲戚肯定会责备:"那么好的人,到底哪里不合你意?"

不过对于女人来说,生理上厌恶了,基本上对这个人就全盘否定了。

面都不想见,想到他的样子都讨厌。

> "甚至不想呼吸相同的空气",是这意思吧(笑)? 都到这份儿上了,也算适应障碍的极端状态了,很难恢复原样。不过我觉得也有肚量很大的女人。

还有个朋友,听说为了每个月可以拿到五十万日元的生活费,跟不怎么喜欢的人结婚了。

可我再怎么样都不可能跟生理上厌恶的人结婚。

每个人的容忍范围不大一样。只是通常引起女人生理性反感的男人类型总是有些共同点的吧?

我对嘴碎唠叨和黏人的牛皮糖避之不及。

我也是。太腻歪的不行。

这都是些爬虫类生物?

这样的人一接近我,我自己倒没特别意识到,但鸡皮疙瘩一下就起来了。

正是适应障碍的症状(笑)。假若被这样的男人强求上床……

免谈。

一想到上床这事,我可能对几乎所有男人都有适应障碍。

前面也说过,相比之下女人这种洁癖更加严重。男人嘛,想让他们凑上去的是什么情况呢……大概只要容貌姣好就想发生关系。这方面的标准跟女人相比放得比较宽松,所以接受度比较广。

实际上,男人要是跟女人一样有这动不动就产生适应障碍的联动反应,恐怕怀孕、生孩子的就屈指可数了。这样一来,人类在遥远的过去大概就从地球上消失了。

反过来说,要是双方都过于宽松的话……

可能就生育过量了(笑)。这么说来,是达到了平衡。上天把这些都考虑到,才把男女造成了不同的生物。

感觉出人头地才是人生第一要义的男人

男人和女人在适应障碍方面也不一样吗?

女人的适应障碍很多都是对丈夫对男朋友这种对异性的生理性的感受,而男人则基本上是公司、工作上相关的事。前面也说过,男人是女人无法比拟的社会性生物。通常都在为追求地位和名誉而努力,所以要是同事比自己先升迁成为部长,立马产生适应障碍,患上抑郁症。

因为这种事得病,真是难以置信。

终归只是公司里的小事罢了。

但对男人来说这可是无限大的一件事。因为男人的生存价值就是在自己所属的小社会里往上爬,哪怕往上多一点点。

所以才会对上司阿谀奉承,吹嘘自己的功绩吧?

对男人来说,为了提高自己在公司的评价,既会撒谎,也会拍马屁。虽然被吹捧的上司也知道说的都是假话,但也不会有反感。

你们回到家看到小狗不停摇晃着尾巴凑上前讨喜,也会觉得可爱吧?在为了得到食物而努力这一点上,人和狗是相同的。被谄媚的一方也会觉得"这个部下对自己有依附感",心理上得到了满足。

以此消除紧张情绪吗?

说是消除,其实是又投入工作了。当然,也许小狗也会对主人产生适应障碍。(笑)

而且对那主人还是生理性的厌恶……(笑)

主人是没法选的,这一点跟无法选择上司的公司职员是一样的。想来或许小狗也相当不容易(笑)。总之,想想大家为了生存都很拼命,那么男人的野心和周旋也就不觉得有那么讨厌了吧?原本男人执着于地位、名誉、金钱这些,也都是因为深信如果拥有了这些,女人就会贴上来。

可跟这些相比,人格魅力才更重要啊。

说是这么说,但其实单纯靠人格魅力取胜很难。问题在于除去地位和立场,女人是怎么评价男人的。而男人们对这一点本能地心知肚明,所以才会为了取得地位和金钱而拼命努力。

但是,拥有社会地位的人退休后也只是个普通人啊。

那倒是(笑)。尤其适应障碍一旦出现就无休无止。所以将来怎么跟适应障碍和谐相处,做到无视它的程度呢?这就需要精神上的强大和坚韧,以及正面意义上的迟钝。

话题 *15* / 亲子乱伦的预备役们

 在之前的话题里,深切了解到母亲和儿子之间的羁绊是很深的。

可我觉得父亲和女儿的羁绊也相当深。

 是吗?

现在在结婚仪式上,父亲总会努力不失态地掉泪吧? 或者大喊"早点回来""不高兴就回家来啊"。

 我见过。

现在大家都会评价这样的父亲为父爱深沉的父亲、内心柔软的爸爸。可细细想来是很不正常的哦。再错行一步,很容易演变成父女乱伦。

 啊? 是吗?

现在在美国,父女乱伦比以前多了,而据说一般都有丈夫对妻子使用家庭暴力的背景。

可在美国女人很强啊。

那个国家男女平等推进得比较高阶,男人反而更暴力。所谓男女平等,对话也要平等。可是单纯打口舌之战的话,男人根本赢不了女人。妻子连珠炮地诘问"钱怎么办? 孩子怎么办?"时,感觉无言以对,一股火蹿上来,不由自主挥拳相向,这种案例很多。

 这和父女乱伦有关系吗?

在美国,丈夫和妻子各自财政独立,多数都是父亲的经济能力更强。看到这样的爸爸对妈妈施加暴力,女儿会认为相比只会有敌对情绪的母亲,兼具拳头和经济能力的爸爸显得更有魅力。而且走到父女乱伦这步田地的女儿还会堂堂正正地跟母亲对决。

 跟自己的母亲对决?

父女乱伦十有八九都会被母亲发现。这种时候,母亲指责女儿"脏脏""这么无耻的女儿不是我的孩子",女儿也会反击:"爸爸喜欢我远胜过喜欢你!"妈妈和女儿本就是因争夺爸爸的爱而相互憎恶的关系,所以一言不合就成了女人之间的战争。如此旗帜鲜明的对立关系,日本人可能很难理解。

 很难想象,不过先生的《幻觉》那本书里涉及这个问题了呢。

在日本,很多案例都是从亲密的亲子关系演变成近亲乱伦的。小时候,父亲和女儿是一起入浴的吧?

 我一直到小学低年级都还是一起的。

有很多人到了小学四五年级还是心无芥蒂地和父亲一起入浴。其实这个阶段可以终止了。提出"不想这样了"的往往都是女儿,女儿开始觉得"总有些怪怪的"。

 到了小学四五年级,胸部也开始发育了。

 意识到身体的变化,觉得总是和父亲一起入浴的自己有些奇怪。90%以上都是这种情况。相反,几乎没有父亲会说:"从今天起不要再和爸爸一起入浴了哦。"也就是说,只要女儿不说不行,父亲还是希望能一直一起入浴的。

 父亲不会觉得这样不自然吗?

哪里会觉得,父亲总是若无其事地观察女儿的身体。

 真是下流啊。

有的女孩经常让父亲帮忙洗头发。

 我小时候也是这样。躺在父亲的膝盖上仰面朝上。

这种时候女儿的屁股到腿脚之间是父亲的阴茎,有可能会勃起。

 那可是自己的女儿啊!

可从男人的生理上来讲,是有可能发生的。

 难以置信。

这不正常啊。

你们没有P君,所以不懂吧。

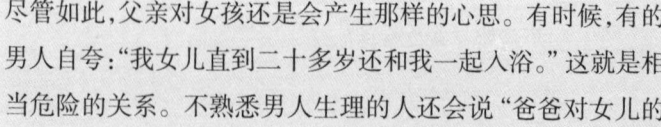 可那是自己的孩子啊。

尽管如此,父亲对女孩还是会产生那样的心思。有时候,有的男人自夸:"我女儿直到二十多岁还和我一起入浴。"这就是相当危险的关系。不熟悉男人生理的人还会说"爸爸对女儿的爱真伟大",大肆夸赞。(笑)

狂风暴雨之夜寂寞难耐

 可到底是自己的女儿,有这样的心思真是令人难以置信。

再怎么不相信,可男人就是基本上只要对方是女性,不管对谁都能产生情欲的生物。实际上也确实有父女乱伦的情况。

 可是难道他们不会觉得对自己的女儿不该有这样的心思吗?

当然会觉得。越这么想反而越兴奋。(笑)

 下流。

说过几次了,这么想的女人是因为不懂得父亲也是男人这个事实。

 我不想把父亲看作男人。

可如假包换是男人吧(笑)?只要是男人,就有这样的欲望。通常女人懵懂初开意识到父亲是男人的时候,忽然就对父亲有了厌恶感,这不能不说也是一种悖宠作态。

 说起来,我有个朋友说他都没办法跟到了适婚年龄的女儿对视。

这明显是因为他把女儿看作女人了吧。实际上,我觉得有的父亲看到女儿在家里穿着内衣走来走去也会兴奋,或者只要女儿的内衣在他看得到的地方就会有反应。

因为男人对所有跟女人有关的东西都会有反应。从裙子下摆瞥见腿、通过吊带背心的领口看到内衣等这些细节,都能轻易地让他受到刺激。

女人可不想看男人的内衣。

 尤其是父亲的内裤,更讨厌。

所以和男人不一样。市场上不但有商店专门卖女人穿过的内衣,甚至还有内衣小偷。这些都是日常生活中存在的,说明雄性就是这么一种生物。对男人来说,不能理解这一点的女人在某种意义上是恼人的加害者(笑)——竟然不了解男人好不容易才能压抑住自己的欲望。

 那还说对自己的女儿会产生冲动是怎么回事?

当然了,在竭力按捺这种情感。很多都悬崖勒马在近亲乱伦的一步之遥。但在女儿依偎在父亲身边撒娇的情况下就危险了。有时母亲去旅游了,家里有段时间空荡荡的。而且又在暴风骤雨的夜晚……

 为什么是暴风骤雨呢?

参见欧美国家的例子,近亲乱伦很多都发生在暴风骤雨的夜晚。英国、苏格兰这些北方国度寒风凛冽,孩子从小就独自在自己的房间睡觉。这种时候母亲不在,女儿会跑到父亲的房间说"爸爸,我害怕"。莎士比亚的戏剧和电影里经常出现,那时雷声总是格外轰鸣。

 总想找人依靠。

所以,很多都是在暴风骤雨的夜晚。(笑)

 这是禁忌啊。

人们特地把这种事设为禁忌不许越雷池一步,因为如果放任不管,人很容易做出这种事。孩子出生在这个世界上最先认识、最值得信赖的就是父母吧。对女孩来说,最早值得信赖的男人就是父亲,最能让男孩安心的是母亲。从这个意义上来说,可以说父女乱伦和母子乱伦是人类非常自然的形态。但是,一旦允许,基本的家庭结构就会崩塌,所以被严令禁止了。

 从生理上无法接受。

让你住在苏格兰或者北欧的乡间农舍试试看。

 苏格兰?

在无边无际的荒野,周边只有自己的家人。在东京这样的大都市,怎么都有恋爱的对象,可当周围只有屈指可数的异性时,我想不管是母子还是父女都有可能发生点什么。或者说就算并非如此,但你有个儿子,那孩子完全没有接触女性的机会。

整天关在房间里,抱着母亲的内衣,想象着胴体兴奋起来,在房间里打飞机,沉迷于小黄书。面对这样的儿子,觉得慌乱也好,怜惜也好,万一他喊着"妈妈"抱住母亲,母亲可能也会不假思索地紧紧拥抱,说"让妈妈来给你安慰"吧。

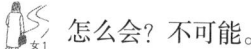 怎么会? 不可能。

你还没有儿子,所以大概很难想象。等做了母亲,有了一门心思爱慕自己的儿子就懂了。父亲和女儿的情况也是一样,暴风骤雨中,只有两人在家,紧紧抱着女儿,不知不觉就滑向了男女关系。并不是从一开始就有所图谋,而是怀里搂着可爱的女孩时动情了。你们必须明白,人这玩意儿,是在某个时刻

总有不经意间跨越雷池可能性的危险生物。

亲子间的距离感在改变

可是,万一到了那个地步,还是挺担心孩子的将来的。

是那么回事。幼年跟父母发生过关系的近亲乱伦,对孩子来说,很容易成为巨大的精神创伤。实际上,如今在医院心理科,近亲乱伦也已经成为一大课题。我想,接下来这个问题在日本也会进一步增加。

《幻觉》的主人公也是如此呢。接下来会继续增多吗?

战争残忍地隔断了父母和孩子的关联。但当和平长期延续时,大家都只顾侧重于家人之间的纽带联系和家庭幸福,亲子关系过分密切,对于彼此的依恋加深,就会逐渐走向近亲乱伦的关系。因为和平引发的问题还有不少。

是吗?

从轻度适应障碍到自闭、家庭暴力,现在精神科领域的问题急剧增加。引发这些问题的还是和平过了头,没什么冲击人类生存这一根本需求的问题。

不论江户时代的农民,还是经历过太平洋战争并苦苦熬过战后的老百姓,整天直面的都是生与死这样根源性的问题,压根没有富余精力去烦恼什么精神方面的问题。

战争中也没见有谁悲叹"没能考入好大学"而自杀的(笑),首当其冲考虑的还是"为了生存先填饱肚子"的问题。然而,这部分得到满足后,又想过更舒适的生活,想进一步改善人际关系了,第二、第三欲望又冒出来。那么新的烦恼就产生了。

过去,都是为了守护家人或者今晚做什么饭这种事而殚精竭虑呢。

《桃太郎》里写道:"爷爷上山砍柴。"从前男的就是每天拼命上山砍柴。不这样,自己和一家子都没法维持生活。到了今时今日,就是每天早早回到家,一直在家待着。(笑)

然后给女儿洗洗头之类的。(笑)

大家常说父亲和孩子的接触很重要,其实还是不要过多亲密接触为好(笑)。过去,父亲是个遥远的存在,和孩子之间保持着适当的距离,正因如此,也不会捅什么娄子。单纯就父子关系来考虑,较之现在这个富庶的时代,或许还是过去那略显残酷的时代更好。

可还是和平比较好啊。在和平时代跟父母保持得当的关系就好。

当然是这样。可是,至少现在仅距母子乱伦或父女乱伦一步之遥的预备役相当多啊。今后和平时代继续延续的话,跨越雷池的情况会继续增多。所以说,大家不能只知道上下嘴皮一碰说句"和平第一",也得考虑考虑和平带来的怪胎和恐怖啊。

话题 16 现在流行的"纯爱"是"幼稚爱"

女1：《妇人公论》的"渡边淳一专栏"收到一封来自四十六岁的已婚女性的来信。

男：写了些什么呢？

女1：说是大学时代谈过一个男朋友,后来分手了,各自和另外的人结了婚。但时隔十几年后再相遇,很快就发生了肉体关系。

男：意思是旧情复燃啊。

女1：信中写道:"可能令人难以置信,但那次是第一次和他发生关系。"当年谈恋爱时一起去海外旅行过,但因为她的抗拒,并没有发生性关系。

男：尽管如此,人到中年再相会,须臾之间就发生关系了。

女1：是的。

男：中年人妻不再被家务事和养儿育女绑手绑脚,跟丈夫之间越发关系冷淡的情况下,很容易春心荡漾。不过,为什么学生时代没发生肉体关系呢？ 真是不可思议。通常女的肯和男的旅行,就等于默许可以发生关系了吧？

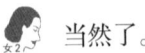
女2：当然了。

女1：不然去旅行干什么。

男：反之,如果男的没任何表示呢？

女方会觉得男的很失礼吧?

男的也是,要是大老远都特意跑到国外了,结果被拒了,也很愕然。心里会想,那是为了什么一块儿来的呢?(笑)

不过这位女士写道:"我是真心喜欢他,所以当时非常珍惜那种纯纯的柏拉图恋情。"认为"不彼此接触对方的身体也能继续的才是真爱"。

这么想就错了。不过,也有的女人对一起吃饭一起旅行却不要求发生关系的男人评价很高。觉得他为自己做了那么多却不是图的自己的身体。误以为这种男人如此谨慎保守的态度"才是纯粹的爱情",并陶醉其中。

世上就是有男人会想:"我很珍视这个女人,要忍耐,不能急于发生关系。"难道不是吗?

当然,并不是说没有这样的男人,可多数男人如果对某个女人有好感,首当其冲的是想和这个女人上床。上了床才能判断自己对这个人是否有更强烈的渴求,如果上了床还是喜欢对方,那就是真爱了。

实际上,要是性生活不和谐,也不会希望继续下去,以免后续比较棘手。就这一点而言,上床也是对二人脾性的一次重大考验。

可是,是不是爱一个人,不上床也能知道啊。

那是你的想法,这个道理在对方那里行不行得通就是另一回事了。之前也说过,性爱包括从前戏到后戏整个过程,那个人的感性、教养以及教育背景等都能有所体现。两性相交才能了解一个人的真实一面,所以如果拒绝上床,始终只会看到不够真实的一面。

而女人是在详细了解一个人并喜欢上之后才会和他发生关系的。

当然要在对对方有一定程度的了解,产生好感的基础上进入性关系。只不过,这才是真正的爱的开始,不经过这些就不能发生肉体上的关联,只维持"纯纯的爱""相敬如宾"之类的,不过是女人单方面的迷思罢了。

在此希望女士们理解的一点是,一般男人首先是渴望肉体的生物。假如对方迟迟没有表示,难道不会心生疑窦吗?

怀疑什么?

可能有别的女人啊,说不定有阳痿的毛病啊之类的。(笑)

这么说来,我朋友里就有因为直到结婚对方都没提出过上床,以为对方是个老实人,可到了蜜月旅行目的地才知道那人是个性无能,于是变成"成田离婚"。

这种情况下,大家总是斥责是男人不好。可时至今日,要是还有女人不觉得提出"两个人在结婚之前都要保持纯洁关系"的男人有什么奇怪,那也太幼稚了,就是这女的有问题了。(笑)

爱的水平太低幼

近来打着"纯爱"名头的小说、电视剧都很流行吧。

是的。《冬日恋歌》啊,《在世界中心呼唤爱》之类的。

这些故事的共通性是男女主人公之间不会发生性关系。或者说没有描述这个部分。近来媒体把这样的男女关系称为"纯爱",尤其为女性所追捧。可是把类似高中生那种淡淡的没有性关系的柏拉图式恋情称为"纯爱",未免太过幼稚了。

是吗?

比如,十几岁时,对同年级同学有点想法,觉得"打心眼儿里喜欢那个人"。这本身并不坏,但这种关系中是否具备能被称为爱的深度,另当别论。没有肉体关系的爱,其内容过于洁净,甚至有些幼稚,与其称为"纯爱",不如说是"幼稚爱"更恰当。

幼稚爱……

可我觉得就算不发生关系,也可以尊敬对方,彼此相爱啊。

如我刚才所说,只有发生关系后才能了解彼此的真面目。所以,成熟男女之间没发生关系的时候只能说是无限接近于恋爱的入口而已。但是,一旦男女之间有了肉体关系,日本人总是指摘人家"下流"啊、"不纯洁"啊。

为什么会有这种反应呢,是因为过去一直有种意识,认为性爱不入流,是被人嫌弃忌惮的事物。这种明治以来深植日本人心中的意识在一部分女性身上尤其根深蒂固。过去还有部名叫《时雨记》的作品。

《时雨记》?

几年前吉永小百合和渡哲也主演的同名电影里,演了一个中年男子和年轻时初见的女人再相会,两人之间孕育出爱情的故事。两个人彼此相爱,一起去旅行,但不知道为什么,并没发生性关系(笑)。

有的女人觉得这是"多么美丽的爱情",无比憧憬,可这么说的人只提到了其中美的一面,对于爱情的思考却很幼稚。不过跟十几岁或二十出头的人讲这些,她们大概是不会懂的。

深受母亲影响的女儿们

这么说来,我二十几岁时也觉得不能轻易地以身相许。

这种想法本身是相当正确的。

母亲教育我,结婚之前不能做那种事。

的确,女人受母亲的影响很深。最近有些改变,但稍微古板一点的母亲还是对女儿时时耳提面命"小心变态的男人""男人追求的无非是肉体罢了"。

女儿出门约会前还要叮嘱一句"我相信你能把握住自己"之类的。(笑)

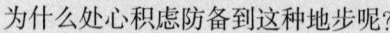为什么处心积虑防备到这种地步呢?

担心女儿会怀孕或者被传染疾病啊。

有的男人单纯是为了性而邀约的。

确实,存在一夜情的情况。发生这种情况,有时是男人有问题,也有时是女人有问题。女人表示拒绝的话,男人可能会慢慢敬而远之。

这就是问题所在。

说过好多次了,问题在于上床之后。有了美妙的性爱,男人觉得"这女人真棒",爱火燃烧得更旺的例子比比皆是。女人总说"男人逃避责任",但其实女人身上也可能存在问题。

有时太过没有情趣、拿腔作势、马上逼婚等等麻烦一箩筐,会让男人打退堂鼓。可几乎所有的女人完全没有考虑到这些男人的情绪(笑)。就这一点而言,母亲身上可能也有问题。

此话怎讲?

通常,性经验匮乏的母亲并不明白性爱有可怕和美好两面。如今性关系比较开放了,在此之前,普通女性的性经验都相当贫乏。自身性方面的成熟度极低,下意识里就随便臆想和男人发生关系是无耻下流的行为,因此也强迫女儿必须接受这一点。

可母亲也发生了性关系才生了孩子啊。

从前多数是性经验为零的状况下结婚的,一旦结了婚,男人只管一心扑到工作上,女人得不到必要的夫妻生活呵护,还没明白真正意义上性爱的美好就生了孩子。所以常常人到中年了,性方面的成熟度还很低。

是吗?

这些人无法了解什么是通过肉体加深的能让人为之倾倒的爱

情,结果很自然对恋爱的印象就是柏拉图式的。

然后就会迷恋上《冬日恋歌》。

据说很多《冬日恋歌》粉丝都集中在五十多岁的人群。

如果请这些人给出"纯爱的定义",估计挺有趣的。交往多年都不要求上床的男人得是"多么温柔体贴、多么棒的人啊"。(笑)

自己不懂性爱是必备要件的真切的爱情,却虚妄地以自身为正统,那么结果自然就变成了以为没有性爱的爱才是"纯爱"。可对性爱没有描写的作品,再怎样也只能是朦朦胧胧、纯洁无比的故事了。观众也只能在那些表面看上去纯洁的故事情节里随意发挥想象。

确实,《冬日恋歌》的魅力就在于它的非现实性啊。

温柔地拥抱在怀里啊,执着地爱恋自己好多年啊,全是些现实生活里根本不可能的桥段(笑)。沉醉在高中时代一起堆雪人、亲吻的镜头里,觉得无比"可爱"。

要是年轻女性沉醉其中倒也可以理解,可四十多、五十多乃至六十多了,还觉得对恋爱的设想只能是这种形式,就有点可悲了。认为只有纯洁美好的关系才是纯爱,完全禁锢在了少女时代的感觉里。

就算六十多岁,还是"在雪地里和他无忧无虑玩耍的我"。(笑)

那么先生您觉得什么是"纯爱"呢?

从性爱、喜好到性格都相投,从灵到肉都能深度融合,可以获得愿意为之付出生命的快感,彼此产生依恋的才是"纯爱"吧。

这么说来,一开始介绍的那位来信的女士也写道:"到了这个年纪,已经不再考虑没有性爱的爱情了。"

女人随着年龄和经验的增长,在性的方面不断成熟,对于爱的定义当然也在变化。如今流行的幼稚的"纯爱",或许是现在的初中生、高中生在性方面尚未成熟的表现。与此同时,还有个问题就是,女人们如何在"沙漠"中生活。

嗯?"沙漠"?

通常结婚生子后,人过中年的家庭主妇生活相当枯燥无味。当然,这里面也有丈夫的责任。

话题 17 / 被"这是最后的恋情"所逼迫的男人们

女1：每次看到沉迷于《冬日恋歌》的家庭主妇,我都会想,这些人的老公每天都在干吗呢?

几乎都在忙于公司工作,下班后和朋友一起推杯换盏,回家倒头就睡。还有卡拉OK啊,偶尔还去打打高尔夫之类的。

女2：他们的生活都跟妻子没有关系吗?

前面也说过,那个年龄的男人都已经厌倦了和妻子的性生活。

女1：可是,起码还有对女性的关注吧?

嗯,这是有的。

女2：所以才在外面接近妻子以外的女人吧?

女人常常这么想,但我觉得实际上寻花问柳的男人比你们想的少得多。寻花问柳不仅考验身心,经济压力也不容小觑。要想俘获一个女人的心,性爱就不用说了,还要创造共处的时间,要去高档餐厅、送礼物,不付出一番努力根本白搭。

不能满足对方的高标准、严要求,稍加不慎就跑没影了。所以,大部分男人就算有点小心思,也顶多是去桑拿按摩店、洗头房那种所谓的风月场所罢了。

女1：不过,倒是经常有五十多岁的男人追求我。

是的。单身女人一凑到一块儿,聊的总是这个话题。明明有家有室,还厚着脸皮凑上来。

追求也分很多种。

一开始是约着去吃吃饭啊,兜兜风啊。

一个架不住跟他一块儿吃了饭吧,紧接着电话一个接一个,追问"下次什么时候见面"。

不过到这程度还不至于令人困扰吧?

也有人很过分,说什么"女人三四十岁是黄金时期,不及时行乐就亏了,所以跟我好了吧",被我当场严词拒绝。

他还继续纠缠没完没了?

说什么"不交往也没关系,保持关系就行了"。

这男人还挺有腔调的啊。(笑)

就这男人?还是算了吧。说因为自己结婚了,所以没法跟我交往,但想跟我上床,所以问我"如何"。

那也太过露骨了。能说出这种话的男人得是觉得单身女人对性爱有多饥渴啊!所以说,就算有人追求也不能简单说OK。

然而也没人追。

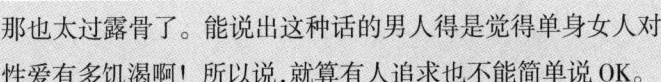就算有人追,还得挑挑对象呢。

那是自然(笑)。那种男人未必懂得女人的基本生理吧。还以为所有女人都有强烈的性欲,不经常上床发泄一下,郁积久了

会生病。总之,误以为女人跟自己一样(笑)。基本上跟谁都行,就是想上个床就好,这都是男人的痴心妄想。男人和不怎么喜欢的对象也能发生关系,但女人就不一样了。

而且,要是有人那么露骨地追求,我肯定逃之夭夭。

日本男人本来就没掌握到风流洒脱的追求方式。外国人就很擅长毫不刻意地夸夸长相、发型、衣着什么的,恭维几句,自然引起女方的注意。但是日本的中年男人就很欠缺这种社交手腕,总是猴急地往"想做"这个方向走,考虑的都是"这个人会不会让我上"。

一把年纪了脑子还那么缺根筋。

确实,在这方面相当拙劣。可是,再怎么说,你们会被如此纠缠,还是因为你们是单身,而且是那么优秀的女人吧。(笑)

不去追求单身女人,目标锁定已婚女性

已婚男人在外面大肆追求女人,妻子难道不知道吗?

并不知道吧。在家大概不会有那些言行举止。

见了那种男人,更讨厌结婚了。

也不能这么想(笑)。男人这么讨人嫌也是因为他们搞错了勾引对象。

这是什么意思?

要是想着既能维持婚姻生活,又可以跟其他女人上床,多往人妻身上动动脑筋不是更好嘛。

呃,是吗?

 单身女人的话,就算交往得很顺利,还是会有很多麻烦事儿。把自己和老婆比来比去,满肚子牢骚,还有各种层出不穷的要求。可如果是人妻,因为彼此都有家庭,就比较能够自制。

 特别是对丈夫有所不满、意识开始觉醒的人妻很多,接近这样的女人试试如何呢?大家半斤八两。可是日本的男人听到人妻就退后一步,要是再有孩子的话更是退避三舍。其实明明已婚女人里也有大把尤物。

 与其对外面的人妻动手动脚,还是先看好自己的老婆吧。

 那是因为和妻子上床已成为一种稳定性的供给(笑),总觉得应付差事,提不起感觉。很多丈夫都只把自己的妻子看成操持家务、养育孩子的角色而已。

 可是在家有时也会被妻子要求过夫妻生活吧?

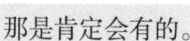 那是肯定会有的。

 那种时候肯定会响应的吧?

 不,不是有性冷淡这个词吗,并不会响应。妻子还在表示的话,干脆说出"你怎么那么烦"来回绝。

 冷酷。太过分了!

 的确太过分。可现实生活中这种情况很多。经常有妻子倾诉,被丈夫嫌弃"不正经""下流""够了",从而大受伤害。和情人不一样,就算男人拒绝上床,妻子也无处可逃。嗯,这也是

妻子最大的弱点。可丈夫这边在严词拒绝,那边却在外面死皮赖脸地向别的女人求爱。(笑)

被别人嫌弃着"下流,够了"。(笑)

而且因为会被妻子要求过夫妻生活,所以可能会对单身女人说:"你也想做吧?"

可能会有这种错觉。

我就不明白了,这种自信和厚颜无耻是从哪里来的?!

这可能不是自信,而是某种将错就错,是一种认为"如果不从这里突破就会永远错失良机"的焦虑。追求你们的多是五十多岁的男人吧?

是的。

即使是一本正经了一辈子的男人,到了这个年纪,心里也会想:"不想一辈子只和这个老婆终老。"

呃,是吗?

女人不会跟讨厌的男人上床,就算是喜欢的男人,也基本上锁定"这一人"。可男人不知道是幸运还是不幸,标准放得比较松,就算不怎么喜欢,也可以和对方发生关系。

因为这种生理上的忠诚度比较淡薄,所以让他们一辈子只和妻子一个人上床,总感觉好像吃了亏。想跟其他女人也做做,不然死不瞑目。(笑)

近来女人也开始有这种想法了。

所以盛行人妻出轨(笑)。虽然天下有那么多夫妻,但性生活堪称和谐的很少,几乎男女双方都觉得哪里有些不足。在这种情况下,要是再出现了理想的对象,奔向那边也是完全可以想象的。男人女人都一样,都很难放弃梦想。那个年纪的男人其实还在为一些其他的问题困扰……

五十多岁的男人在赌一场最后的恋爱

其他问题指的是?

是听了你们的话想到的,我觉得这个年纪的男人积极追求女人,跟退休有关。

退休?

男人通常在纵向社会里生存,要想俘获女人的心,总觉得需要某种头衔。有的男人在去追女人时,经常掏出名片说:"我是某某公司的某某人物。"

有的有的。这也挺讨厌的。

可要是听到介绍说"某某街道居委会主任"啊、"某某老人会会员"的,你们也会哭笑不得吧(笑)?要是被一个自称"去年退休了,现在整天闲着"的人追求,又当如何呢?

要是那人极具魅力,可以考虑。

要是没那么有魅力,就很困难了吧?

对啊。都不知道聊些什么好。

还有经济方面的问题。要能随便说出"想吃河豚?那就带你去",得有与之相匹配的收入。退了休靠退休金生活,经济能力就一落千丈了。退休后的男人虽然有了无限的自由时间,却没有了基本的自信。五十几岁正是看得到自己的前途几何,内心不安的时候。

退休后似乎就很难拿下女人了,所以心生焦虑,觉得不趁现在抓住机会就再也没机会了。换句话说,是快要到达依靠名片追女人的临界点的焦虑。

 所以,一过五十岁……

行动骤然活跃(笑)。这样意味着这个男人已经接近人生的黄昏。

 这一点还真没考虑过。

 您说的是和退休有关。

男人的精神状态和举止通常和地位、工作息息相关。尤其五十几岁,不管对男人还是女人来说都是一段困难的时期。平时常说的更年期障碍,究其根源,其中一个原因也是因为对异性不再有吸引力,于是精神上陷入低落。这种低落有时还会引发抑郁症或癌症。

 癌症?

因为癌症是受精神影响极大的疾病。尽管如此,女人因为平时就有热闹多彩的朋友圈,可以得到救赎,可男人一辈子生活在纵向社会,能交心的朋友也不多。自己当老板的还好点,如果是公司职员,社会地位和人际关系都高度依附于公司,年龄越来越大,越来越看得到退休这条终点线,所以焦虑情绪越来越严重。可是在家里还必须摆出一副一家之主的架势来。

所以在外面才拼命追女人吧?

跟妻子说"退休之前要再拼一把",其实是在拼命追女人(笑)。请多体谅一下雄性在威武之势行将终结的悲伤中做出的拼死挣扎。

好像有点觉得可怜了。

这么说来,很多男人在追女人时都说"这可能是我最后的恋爱"。

把这当成泡妞借口也是行得通的,其实也是自己的心声。

都是甜言蜜语。

说是最后一次又怎样?我还是不会和他交往的。

相当棘手啊(笑)。不过男人也是,残留的时间越来越少时,不搞搞清楚追求对象和追求方法可不行啊(笑)。尤其是五十几岁不管对男人还是女人来说都是一道难关,还是体谅一下这种挣扎吧。(笑)

话题 18 / 为什么查尔斯王子会被卡米拉夫人拿下？

前段时间,查尔斯王子和常年外遇引起全民哗然的卡米拉·帕克·鲍尔斯再婚了。

 真让人吃惊。真没想到竟然结婚了!

我也吓到了,第一反应是,查尔斯王子太厉害了!

 厉害在哪里?

两个人在 1970 年邂逅,继而开始交往。但是第二年,查尔斯王子进入皇家海军服役,卡米拉和别人结婚,之后生了两个孩子。然后查尔斯和戴安娜结婚,也有了两个儿子。但是,在此期间两个人一直保持联系,甚至始终钟爱彼此,尤其是查尔斯,对卡米拉念念不忘。

所以现在距离初相见已经时隔三十五年,两人都已五十过半,成就了一段马拉松恋情。始终对一个女人魂牵梦绕,并且最后走进婚姻殿堂,真是太了不起了。

 作为女人,能被这样追求也会心花怒放的。

 是吧。

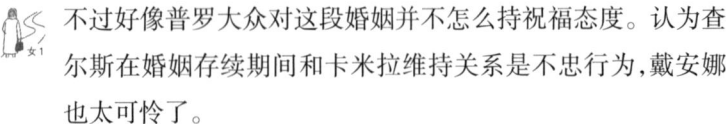 不过好像普罗大众对这段婚姻并不怎么持祝福态度。认为查尔斯在婚姻存续期间和卡米拉维持关系是不忠行为,戴安娜也太可怜了。

也有人说,都这把年纪了,还和情人搅和在一起,真无耻。

这种看法未免太过浅薄了。冷静看待这三人之间的关系,可以得出不同的看法。首先,卡米拉比查尔斯还年长一岁,并不比戴安娜王妃年轻貌美。

那倒是。

查尔斯身处王子尊位,想和多么年轻美貌的女人再婚都不成问题,却选择了和卡米拉再婚。

这挺不可思议的。

老实说,我也纳闷,卡米拉到底好在哪儿呢?

这正是这段婚姻令人惊叹之处。

到底是怎么回事呢?

这两个人性格上就不用说了,自然非常相投,大概性的方面也相当契合。

呃,性的方面……

先生您也总是说,仅凭身体是很难保持吸引力达三十年之久的。如果没有精神层面的东西,单靠肉体根本不行。

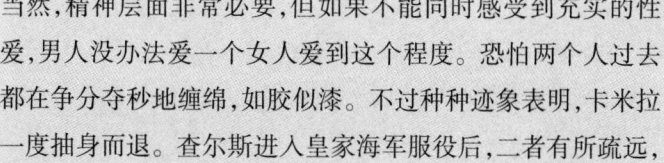当然,精神层面非常必要,但如果不能同时感受到充实的性爱,男人没办法爱一个女人爱到这个程度。恐怕两个人过去都在争分夺秒地缠绵,如胶似漆。不过种种迹象表明,卡米拉一度抽身而退。查尔斯进入皇家海军服役后,二者有所疏远,可能就是这个原因。但是查尔斯对卡米拉难以忘情,又把她

追回来。

剧情太精彩了,跟电视剧似的。

是吧(笑)。之后两人就维持婚外情关系,正因为有诸多阻碍,激情反而越燃越烈。

可这是全世界女人都不会容忍的。站在戴安娜的立场上,绝对不能忍受。

这么说也有点……

有点什么?

戴安娜王妃正当芳华,有颜值又有范儿。

那是当然。

可个子比较高,过起夫妻生活来估计也是草率行事吧。

啊?是吗?

俗话说"好女床上赖"——这是我编的(笑)。做爱就是要忘却自我,全心投入,激情燃烧。可所有优秀的女人都过于在意自己"这一瞬间看起来如何",难以集中精神。而且因为总是被宠着,想当然等着对方主动献身。这是我的主观臆测啊,我觉得查尔斯在和戴安娜王妃的性爱里未必能够得到满足。

相对而言,卡米拉既不貌美,个性也不阳光,可正因为这样,才会更加专情。这样的女人能够主动献身,也会全身心投入在性爱里,男人获得的满足感比较强烈。在这种表面上看不出的性爱方面,卡米拉远胜戴安娜王妃一头,因此才有了俘获查尔斯的魅力吧。

性爱满足带来的安心感

 凭这些就被迷得五迷三道的,真是无法理解。

因为对男人来说,对方能否给予自己充实的性爱满足感比什么都重要。而且那不仅是简简单单的快感,还有令人满足的性爱带来的难以言说的安心感和信赖感。

 这么说的话,多多少少有些懂了……

而且卡米拉身上还有一大吸引男人的重要因素。

 还有一个要素?

像妈妈一样温柔包容。查尔斯一出生就贵为王子,但他和普通男人一样,也需要母亲的爱抚。而他现实生活中的妈妈是女王陛下,难以像普通母亲那样给他母爱。就算哭了,也很难抱抱说"哎呀小可怜",或者陪他一起玩玩。

 您是说他缺乏母爱?

跟一般人相比,他缺得不是一点两点。加上跟他结婚的戴安娜王妃也完全不是母亲型的女人。

 这一点怎么都无法理解。

戴安娜作为王妃来讲无可指摘。明艳照人,华贵雍容,又致力于根除地雷的运动,在国际上享有盛誉。这些对外人来讲都是优点,但跟身旁的丈夫毫无关系。查尔斯大概在想:"那些事做不做都无所谓,我只希望你能温柔地拥抱我、安慰我。"卡米拉就给了他所寻求的这种像妈妈一样的温柔包容。对查尔斯来说,甚至可能是可以称之为"心灵故乡"的存在。正是这个原因,查尔斯才会超过三十年始终对她难以忘怀,一直锲而不舍。

这属于严重的恋母情结了吧?

当然(笑)。妈妈是女王陛下的男人是多么孤独啊。平时很少被顾及,所以有地位的女性的孩子里恋母癖比较多。追求幼时未能得到满足的东西是长大后自然而然的选择,男人里有的强悍大胆,有的孱弱娇宠。

如果查尔斯不是跟戴安娜,而是跟另一个更能包容、支持丈夫型的女人结婚,或许是可以琴瑟和谐的。

可我还是倾向于站在戴安娜一边。想到丈夫爱着其他女人,真是如坐针毡。

是啊。要是有其他喜欢的女人,老早和她结婚就好了啊。这样戴安娜也能和其他人结合,或许还能获得幸福。

英国王室比较保守,恐怕个人意见几乎无法得到尊重。查尔斯结婚时三十二岁,之前应该就已经被伊丽莎白女王催婚了。那时坦陈过"喜欢卡米拉",却被批驳"她算怎么回事"。被逼无奈,选择了戴安娜。

太过分了。婚姻没能走向期待的模样,结了婚却发现丈夫另有情人。

但是毫无疑问,这种形式的婚姻在贵族群体里是存在的,其实在普通人家也存在。过去在日本,也有很多人奉命跟并不喜欢的人结婚。这就是所谓的政治婚姻,这种婚姻在豪门里大行其道。即便在日本,恋爱结婚成为常态也就是近几十年的事啊。这也只是在平民百姓中间。

如果是形式婚姻,两个人之间没有感情,在某种意义上来说也是没办法的事。而且我相信查尔斯刚结婚时也曾在心中暗自起誓希望和戴安娜白头偕老,只是最终还是无能为力。

男人的"下方愿望"

女人不管是形式婚姻还是什么,既然已经身为妻子,就希望丈夫能把注意力放在自己身上。可丈夫眼里却只有这么个比自己年长、比自己丑的女人,这简直是一种精神压迫。

希望男人们能理解这种痛苦。

确实,我很能理解您所说的这种心情(笑)。不过这为环境所迫才形成的悲剧,不是谁好谁坏的问题。有种说法是,要是戴安娜当初拒绝了查尔斯的求婚就好了。在等级意识森严的英国,能和王子结婚是个超级好的机会。

戴安娜可能也展望过美好的未来。事实上,戴安娜成为英国王妃的虚荣心也得到了满足。可是,这样的女人对男人来说有点太吃力。因为大多数男人都希望在二者关系中自己是强势一方,也就是"下方愿望"。

下方愿望?

跟收入、学历、家世都不如自己的人结婚称为下方婚吧？男人总体上秉持着下方愿望，女人总体上上方婚愿望比较强。男人下方愿望比较强是希望女人能捧着自己，尽心服侍自己。在这一点上，戴安娜和卡米拉的殷勤程度怕是天差地别。

殷勤？

卡米拉自知没有戴安娜那般美丽华贵，又有年龄大的劣势，所以不抢风头，低调地尽心尽力服侍查尔斯。年长且不怎么漂亮的女人跟年轻漂亮又有品位的女人接人待物方式不同也是很自然的。在这个意义上，对查尔斯而言，卡米拉的魅力远胜戴安娜。

是吗？可我觉得对男人来说，明明戴安娜更有魅力啊。

这是因为你们觉得一目了然，只关注外在。女人经常认为年轻漂亮对女人来说就是占优势。

所以拼命化妆，捯饬看上去年轻的发型和服装。

这都是表面文章。男人到了一定年龄，年轻漂亮的女人稍微接触接触还行，要说结婚，就觉得太吃力了。自我感觉身体老去会有各种不便，要是对方不肯照顾自己就麻烦了。实际上，如果兴趣爱好不合拍也有问题。

据说戴安娜王妃和查尔斯也是兴趣不相投呢。

这一点上，卡米拉因为年长一些，有意唯对方马首是瞻，花了番心思去配合对方，加上在性爱方面也具有能让男人安心的包容度。这些东西是从形体、外貌这些外在看不到的，超乎你们的逻辑了，你们大概很难理解。这次的婚姻很重要的一点是昭告世人,与容颜美丽、姿态优雅以及年轻相比,性爱上的契合以及与之相应的安心感或者说母性的包容俘获了这个男人的心。尤其这不是个普通男人,而是英国王子,在全世界面前正大光明地昭告了这一点。

真是世界性的功绩,应当授予诺贝尔奖。(笑)

这不是努力就能成就的事,所以成不了获奖对象(笑)。但是,这对日本的中年女人来说是个喜讯,可以弹冠相庆了。可是为什么女人们一点都不感动呢?真是不可思议。(笑)

可能已婚女人感受到自己地位被威胁的危机感了吧。大家都觉得还是明媒正娶的正室才是正义的一方。

或者说,是觉得自己较之卡米拉,更接近戴安娜王妃吧。心想:"要说我更像哪个,那还是更像戴安娜吧。"(笑)

超级名模上身合体的衣服由体形完全不同的人穿上扭捏作态,这就有欠客观了(笑)。不过对中年女人来说,这段婚姻蕴含着极大的希望。就算现在并不祝福这段婚姻的人群里,也有人回首过去,翻出当年记忆。

觉得虽然当初没能结婚,但"当年我是真的喜欢那个人,他也是真心爱着我"。同学会经常听到这些话,很多人内心深处埋藏的愿望这次被查尔斯轰轰烈烈地实现了。我是觉得从这个角度一看还挺励志的,你们觉得呢?(笑)

PART ❸
性的深度和怪异

―――― 女3个人资料 ――――

　　临时插入这场座谈会的登场人物。这些嘉宾希望隐去真名,她们角色各异,有的是"出轨十二年的人妻",有的是"坚决抵制婚外情的单身女人"。她们支持同是"单身、住在东京、媒体从业者"的女1、女2的兴趣爱好,关心点一致,倾诉自己的爱情纠葛,有时会毫无顾忌地向渡边先生提出对男人的质疑和不满。

话题 19 / 迎来出轨十二年的人妻

今天,我们迎来一位出轨十二年的人妻。

那可是情场老手了呢(笑)。您先生知道吗?

不知道,他并没有察觉。

大部分男人都不会察觉。就算察觉了,也无法接受现实,有时会装出一副视而不见的样子(笑)。说到出轨,通常当事人都会备受指责,但背后也都有导致这副局面的原因。您是遇到了怎样的机缘呢?

我和丈夫是相亲结婚,兴趣爱好、对事情的看法、性爱都不合拍。偶然参加了一场网球活动,遇到了全方位都合拍的人。特别是跟他上床简直是冲上云端,让人乐此不疲。

确实,性爱是否和谐是个大问题。

出轨人妻很多都对和丈夫的性关系不满意呢。

艺人一讲到因为丈夫见异思迁而离婚的话题,电视专题节目清一水地都是指责丈夫,但说不定也是夫妻之间性生活不和谐。这种事谁都不会摆到台面上,所以不会暴露出来。一旦遇到性关系合拍的对象,被其吸引也是理所当然的了。话说您对老公没有负罪感吗?

那当然是有的。跟那人邂逅的第二天,我尽可能一直和丈夫待在一块儿。可我觉得,基本上只要不被他知道就没事吧。

> 您老公外面有没有女人呢？

 没有。我的独占欲很强，绝对不允许丈夫心猿意马。逢场作戏的无所谓。

 听起来就像耳熟的台词（笑）。简直像是跟个男人在聊天。

> 哇，比男人的负罪感还轻啊。（笑）

 我的朋友里也有很多都有外遇的经历。大家都想在更年期到来之前体验一次轰轰烈烈恋爱的感觉。因为恋爱时可以体会到平时难以体会到的心跳的感觉。

> 不是对现在的生活不满意，只是包括性在内，总觉得哪里有些空虚，所以想体验一些超出日常生活的新鲜刺激和充实感，而恋爱可以获得鲜活的压倒一切的实感。

> 当然，工作也可以获得一定程度的满足感和成就感，但多数情况下那份成绩最终都归了公司或者团队。相对而言，恋爱的充实感可以专属于自己个人。结了婚，身边人总是指责婚外恋，但仍然不可否认，这种充实感就是具有魅力。

 出轨人妻比没有出轨的妻子享受到了三倍的人生快乐。

 我觉得自己亏大了。（笑）

出轨同盟制造不在场证明

> 已婚男人在外面和女人约会时，为了不被妻子和公司发现，可谓绞尽脑汁。不过，男人还可以用"工作"的名目创造时间，家庭主妇就比较头疼了。要是从不过问妻子日程的丈夫还好，

但很多丈夫不喜欢自己的妻子到处走来走去。尤其是专业家庭主妇,总觉得是靠丈夫养着妻子的。如何克服这一点呢?

为了不被察觉也是费了很多心思,还要小心制造不在场证明。

你们组个出轨同盟啊。出轨的妻子们同心协力,创造外出时的不在场证明。A和B相互包庇,分头去和自己的情人约会。

您很懂嘛。(笑)

但是其中一个终结婚外情后,这个同盟就瓦解了。这种时候就危险了(笑)。老公打去电话问:"我家那位在吗?"会回答"不知道"之类的。自己的恋爱不顺,没有喜欢的对象,这种协作关系也就不了了之了。

尽管非常了解外遇这回事,可没有情人的一方还是会嫉妒另一方。

人类就是种非常善妒的生物。很多出轨的人都很擅长花言巧语。做出完美的不在场证明,编出巧妙的谎话,对丈夫和情人都能柔情似水。男人也是,不油滑一点就无法在妻子和情人之间游走。有情人的男人原本就很擅长摆平异性,很多人在家里也会让妻子无可挑剔。夫妻生活就不用说了,还很善于交流思想和嘘寒问暖。

在外面玩完,回来只要问一句:"一个人寂寞了?"有这句话,妻子也就原谅他了。

所以你们在家也是捧着丈夫,尽心服侍的吧?

每天一起去散步,邻居都说"真是一对模范夫妻呢"。(笑)

常常都是出了事后,周围的人都说:"那人竟然做出那种事,真是难以置信。"(笑)

 还评论杀人犯说:"再没有比他更好的人了。"(笑)

如果出轨人妻被情人胁迫,人们会说,那么尽心服侍老公的太太竟然被胁迫,那男的太坏了。其实是那妻子的问题(笑)。维持了那么长时间的婚外情,总有差点露馅的时候吧?

 有一次,家人睡熟后,我为了去和那人约会是开车溜出去的。第二天一早,丈夫问:"怎么好像听到车子引擎的声音了?"我说:"一早开车去了趟便利店。"蒙混过关。

那也挺奇怪的(笑)。其实大概您老公也有点担心,知道不能再继续追问了呢。

有丈夫守护所以可以出轨

 很多女人虽然初衷只是想浅尝辄止,却在婚外情里越陷越深。

 我有的朋友也是,本来只是想玩玩,最后却闹得家庭破裂。

男人也有这种情况,不过总体而言,大概女人比男人更容易陷入爱情。

 一旦深陷其中,婚外情就没那么享受了。有如玩火,无法全身而退。

 可正因为艰难才更刺激。那些一潭死水的婚姻生活里绝对体会不到的困难和悲伤会让你欲罢不能。(笑)

 您好像满不在乎、挺享受的。可要是单身女人,会有很多人指责对方和自己的。

能够享受婚外情,还是得结了婚有了能守护自己的人之后吧。只要不被丈夫发现,随时都能回归安稳的生活。

有能回得去的地方,所以内心很安定。

虽说结了婚,但只为一个异性而活还是有点乏味。就像男人会心猿意马,女人想要享受和丈夫以外的男人来段心动的关系也很自然。只是,你要是一直单身也不会那么玩,倒是有了丈夫之后反而会出轨。

有这个因素。

跟男人一个论调啊。男人都说因为有太太,所以才能安心地寻花问柳呢。

另一点就是一夫一妻制的问题,结婚时强调彼此要永远钟爱眼前人,反而让人想要出轨(笑)。从人的本能来说,这也是非常强人所难的要求。一辈子只爱这个人只和这个人上床,想想都……

想想都烦了。(笑)

这一点男女都一样。某项调查结果显示,对现在的性生活满意的人加上"勉强满意"的人,约占65%,有30%的人根本得不到满足。

我也觉得性生活是个大问题。那个情人的角度和尺寸跟我的身体很匹配。

角度……

尺寸……

那玩意儿插入的角度和尺寸吧(笑)?确实,身体的契合很重要,经常有人说"有爱就够了",但是男女之间只有爱是不够的。

遇到了他才知道。

可是只有肉体关系也是枉然吧?

只是见个面说声"再见"才是枉然。没有性爱是不完美的。

作为婚外情的一大要素,性爱不可或缺。只是从前一说人妻出轨,通常对这件事的认识都有点极端。小说、戏剧的主题也都是因为背叛了丈夫而备受煎熬,却又狂热地爱上情人,不惜抛弃婚姻生活,这种戏剧冲突强烈的故事里描写了自己无法实现的浪漫梦想。

不过,现在的人妻出轨有了变化,一方面维持正常家庭生活,另一方面又不时享受一下冒险的恋爱。这样大家都能做到,也随时可以抽身。这样也有这样的好,但反过来讲,女人也没那么容易陷入爱里不可自拔了。

大家都轻松了。

这也是因为整个社会对于外遇的制裁没那么强硬了。

从前外遇都遮遮掩掩的,现在也不大避讳了。

在江户时代,通奸可是重罪。在当时的现实生活中,丈夫顾忌自己的颜面,很多情况下不会去告发出轨的妻子,但是如果妻子不小心事情败露了就不好收场了,游街示众、斩首、凌迟等等。你们要是生活在那个年代,就是死路一条……

那么……恐怖!

站在更高的层次去看,妻子能够享受出轨的欢愉也是因为社会发生了改变。现在出轨很普遍,已经见怪不怪了。万一妻子的婚外情暴露,也不大会对丈夫的升迁造成什么大的伤害,家人和朋友的规劝也不像过去那样歇斯底里。

世事皆如是,婚外情也不是单靠一个勇敢的女人就能达成的。归根结底,还是要看社会变化带来的巨大浪潮。你们这样的女性,就是站在风口浪尖的弄潮儿。(笑)

在国外,已经有些人妻可以购买男性服务、去牛郎俱乐部什么的了。

那么前卫的毕竟还只是大城市的个别人群吧,不过毫无疑问,妻子们也开始积极行动起来,主动寻求异性了。主妇们外出的机会也着实大大增加了。

特别是丈夫比较有经济实力的人,生活宽裕,也有多余的精力。

那些精力不断注入冒险刺激的恋爱里(笑)。从前的男人就算觉得"这女人不错",一旦知道对方是人妻,就不会有靠近的想法了,现如今的男人就不一样了。人妻里颇有魅力的人也在增多吧?

像您这样,既有丈夫,又能十几年如一日地聚焦情人的目光,可谓恋爱方面登峰造极的精英了。通常结了婚过上几年,很多人就自暴自弃了,感觉"只能跟这个丈夫过下去了"(笑)。能够每天烦恼于"他是很棒,可还是丈夫更有安全感……",这样摇摆于不同男人之间,也可以说是相当奢侈的事了。

可是,想跟双方都玩得转也太精于算计了吧。

想算计也得有选择项啊。去参加 party 时烦恼于"穿哪件衣服好呢",也是因为有两套以上的衣服可选吧?要是只有一套,也没的烦了。(笑)

有时候连一套都没有。(笑)

那样的话连 party 都不会去了(笑)。所以说,出轨人妻还是有资本游刃有余。

感觉便宜全被结了婚的人占了。真不能理解。

可我也不知道能这样持续到什么时候。直到今天也觉得永远不会有答案。

一般来说,很多女人在持续一段半路情缘时,都希望在某个茬口可以非黑即白地料理清楚。而男人是觉得即使一直游走在灰色地带也没关系。

但是非黑即白料理清楚的女人后面的日子可不好过。

从此漆黑一片。(笑)

妻子出轨的话,因为妻子没有收入,跟丈夫出轨相比风险高得多。被丈夫发现后离婚了之,被周围人戳脊梁骨,或者说陷入无穷无尽的深渊,家庭毁于一旦。本来婚外情就常常伴随着付出如此代价的危险。如果能够不到这一步,始终保持在灰色地带,已经算是非常幸运了,而灰色这种颜色是非常暧昧的色彩,其中五味杂陈。寻求或黑或白的单色生活的人体会不到那种深度。换个角度看问题,也可以说暧昧、有多个选项的人生是无比丰富的人生。

 是这么回事吗?

 我是单身,但听了您的一番话,也觉得不能再呆头呆脑的了。(笑)

再不赶紧就等不及了哦(笑)。这不,今天有幸跟那么牛的"恋爱精英"聚在一起,很有收获。(笑)

话题 20 / 不是不伦,只是婚外恋

 最近经常听到"婚外恋"的说法,所以今天我们来聊聊这个词如何?

 过去,在婚姻状态下跟丈夫或妻子以外的人谈恋爱通常被称为"不伦"。

 《失乐园》也是部"不伦小说"。

 写那部小说时被称为"双重不伦"。

 形同禁忌。

 "不伦"原本就是"违反伦理道德等人伦之道"的意思,世人对这种恋爱持批判性的态度。与之相对应的,"婚外恋"这个近来出现的词汇最大的特点是,首先把恋爱本身摆在前面。虽然干的事相同,但语感上有细微的差别。"不伦"这个词里含有违反人伦之道还毅然和对方相爱的强硬和偏执,而"婚外恋"这个词就没有了那种极端感。

 有点恋爱的感觉。

 略微减轻了罪恶感。

"婚外恋"这个词另一个特征是主要是指妻子的恋情。

 是吗?

 当然,也包括丈夫的恋情。一般提到丈夫会直接说"出轨",不

大说"那位先生有婚外恋了"。倒是会说"那位太太有婚外恋了",当妻子跟丈夫以外的人恋爱时使用这个词。从这个意义上来说,可以说这是个专为人妻创造的词汇。

的确,一想到"这是婚外恋哦",就觉得很轻松。

所以,消除"不伦"这个字眼也可以说是种巧妙的概念偷换。这样的案例数不胜数。

说起来,很久之前《妇人公论》做了期题为"恋爱在婚姻之外"的特辑,读者反响很强烈。可能就是从那时开始,大家就试图把喜欢丈夫以外的人的想法正当化了吧。

现在妻子见异思迁的情况也确实比较多啊。

前些日子看到过一份面向五百人的问卷调查,回答"曾经对丈夫以外的男人动心"的妻子占了受访者的三成左右。其中约三成发展到了发生性关系这一步,所以相当于将近一成受访者有和丈夫以外的男人发生性关系的经历。顺便提一句,这项调查里,回答和妻子以外的女人发生过关系的丈夫不到全体受访者的两成,约是妻子的两倍。

丈夫出轨的比例果然比妻子成倍增加啊。

反过来说,这个差别也只有一成而已。这个数据恐怕有所偏低,其他调查结果显示"约有两成妻子有过出轨经历"。

五个人里面有一个人……

而且,恐怕今后这个比例会继续增加。

对丈夫有负罪感的妻子

女人并不是婚后就难以轻易和丈夫以外的男人发生性关系了,对吧?我觉得是女人比男人的负罪感要强得多。

也不能这么说。从前有份针对婚外恋的调查结果显示,面对"跟丈夫以外的男人发生性关系会有内疚吗"的提问,六成妻子回答"没有"。同一个问题,回答对妻子"没有"负疚感的男人占五成。只要看看这个比例就知道,女人对丈夫怀有内疚和负罪感的比例更低。

可是女人一开始出轨时,内心很是纠结,会受到良心的谴责。

第一次也许的确是这样。可对女人来说,第一道栏杆比较高,一旦跨越这一道关卡,接下来会急速前进。

确实可能转变比较快。一旦决定,就一口气走到底。

女人一旦越过那道线,远比男人干脆、大胆。而且一般妻子出轨的背后都有针对丈夫的诡辩。

诡辩?

丈夫根本不看自己一眼,不把自己当个女人,不和自己过性生活。对丈夫不管是性生活方面还是精神方面都郁积了"对自己不闻不问"的不满和愤恨。这种情况下,很容易和其他男人擦枪走火。

之前在《妇人公论》做出轨人妻座谈会时,与会的四人中的三人都说:"丈夫出轨了,那我也出轨。"

有了这种冠冕堂皇的借口,对丈夫的负罪感就轻了,甚至带有一些对这样冷漠的丈夫以牙还牙的复仇心理。

 不过我到现在还是对"出轨"持保留态度。

已经可以满不在乎地使用"婚外恋"这样的词汇了，之前身为预备役的女人们随时可能行动起来。

 不过我觉得家庭主妇邂逅情人的机会还是少。

专业家庭主妇再怎么样，朋友圈还是有限。所以孩子的补习班老师啊，足球队、游泳俱乐部教练这种以孩子为媒介的关系比较多。只不过家庭主妇恋爱的实际样态存在地区差异，比如，城里和乡下应该是有相当大的差异。

 会差那么多吗？

尽管感觉相比从前容易多了，但还是有容易出轨的环境和不容易的环境。在小城镇或者乡下，有家室的男男女女要想避人耳目相会就相当困难。

 会有邻居大妈问："咦？怎么又出去了？"（笑）

对对，要是被抓现行就糟了。不光要离婚，还要被人在背后指指点点（笑）。就算没到那一步，除了部分大城市，其他地方可供出轨二人组幽会的场所也极其有限。街上也没几家像样的餐厅。

可要是在东京，银座、涩谷、新宿、六本木这些地方，可以寻欢作乐的地方星罗棋布，无须特别避人耳目。从这个意义上看，东京这样的大城市对想要出轨的人来说绝对是胜地。所以刚才说到的有婚外恋经历者的比例大概会上升至三成左右。

只要有条件……

有可能大幅增加。只要有个容易恋爱的环境,大概会立刻放飞自我。

转向婚外恋的妻子们

那么在城市里,今后转向"婚外恋"的人妻会逐渐增多喽?

女人虽然开始的时候没想太多,可随着关系深入,越来越沉迷于出轨对象,往往会打破平衡。不再满足于单纯的恋爱,想要和那个男人一起生活之类的。

不是单纯谈谈情可以满足的了。

原本走进这种关系是因为厌倦了丈夫吧?可一旦感觉外遇对象能够理解自己,很多女人都想结束婚姻关系,和外遇对象从头来过。

因为女人就是死心眼。

因为女人通常希望关系明确。不像男人那样,希望长期左拥右抱,甚至更多。

的确,女人讨厌模棱两可。

如果喜欢谁,就一门心思紧盯着谁,对吧?希望紧紧抓住对方,切切实实成为自己的人。

是的是的。

而且女人格外容易深信不疑"新的对象比现在的丈夫好"这一点。男人大抵上会认为就算和这个离了,跟另一个重头来过也没什么区别,但女人就没有这样的预见性。(笑)

 女人总是觉得,之前的失败了,下一次肯定会成功。

而现实情况基本上都是重复同一模式。(笑)

 可是也有情况好转的可能性啊。

你的人生就像卡尔·布赛的诗写的那样。

 啊?诗?

"人云,幸福居于山之彼方天之涯……"这里的"幸福"指的是恋爱。"呜呼,吾偕众寻其踪,含泪而归……"终于在恋爱里吃了苦头迷途知返了。可过了一段时间又开始做同样的梦,"人云,幸福更在彼方云深不知处。"所以又谈了下一段恋爱,"含泪"而返。周而复始……

 明白了,已经够了。男人就不会这样吗?

在恋爱方面,男人比女人在生理上更冷漠,所以没那么容易做梦。尤其是如果跟结婚有关,更是具备冷静的学习能力。

 所以说,男人没有梦想喽?

不是说男人没有梦想,只是说男人讨厌再次品尝失望的滋味。

 懂了。我没结过一次婚,也讨厌失望。

 我想你是想太多了。

谈过几次恋爱,已经可以想象结了婚会怎样了。

 还是有那么一定概率的可能性的吧? 如果换个对象,能更棒……

 也有可能更差(笑)。像你这样的,每隔五六年就得换个对象。然后又哭着回到原地,再从"山之彼方"开始。

 想想就够了。

 说起来,我朋友维持了大概十年的婚外恋,她感慨说:"最近,情人的言行举止跟丈夫越来越像。"

 保持关系时间长了,很多时候男人也产生了惰性。

 丈夫有一个就够了。感觉"那样的话还是丈夫本尊好了",考虑和情人分手。

 过段时间又移情别的男人了吧?

 她说她就是想恋爱,"安定和心动两个都想要"。

 从前的女人一旦结婚,就会主动压抑这种愿望。就算被人追,自己也坚定地认为"已经结婚了,没办法接受了",全身心地投入妻子或者母亲的角色。然而现在大家的看法不一样了,女人自身也比从前更年轻更漂亮,自信的女人也更受欢迎。

 不断提升自己,也因此有了恋爱的机会,恋爱之后又对自己提出更高要求。

 可是刚才也说了,女人婚外恋的比率也在上升。

您怎么看呢?

相反,男人的出轨率却在下降。

 嗯?在下降?

丈夫的出轨率逐年回落。现在的男人总体上都没什么精气神。不想惹麻烦,家里又有母老虎,公司工作已经榨干了能量,像从前那样主动拈花惹草的男人越来越少了。

 和妻子们正相反啊。

照这样妻子出轨率持续上升的话,估计折线图上会在某个地方形成交叉点,然后"妻子婚外恋"超过"男人出轨"。

 不是有句话说"出轨是女人价值的体现"吗?(笑)

这样下去,可能"婚外恋"以后又不是妻子的词了,又将成为丈夫的专用词汇。(笑)

话题 21 / 没有性生活，男女谁之过？

关于夫妻之间没什么性生活的来信特别多，这始终都是读者关心度很高的话题。

相比男性，可能对女性来说更成问题。

我身边也有很多。有个朋友结婚以后就没了性生活，已经过了十年之久的无性生活，很是烦恼。

我朋友也是，才结婚两年，丈夫就不肯过性生活了。想着换换心情，一起去旅行住到宾馆里，也还是没成。

我是能够理解女人的烦恼，但通常在男人看来，那都是理所当然的啊。

是吧？我那对夫妻朋友在婚前倒是有性生活的，婚后反而完全没有了，真是令人费解。

不过，就是因为结婚了啊。现在一般婚前都会发生性关系，某种意义上来说，提前做太多了，到结婚时，丈夫已经厌倦和妻子上床了。觉得只要结了婚，妻子就铁定是自己的财产了，把心稳稳放进肚子。没了那种紧张感，更加剧了性爱减少的情况。

可是，真会完全不做吗？

这就引申出一个问题，性爱这回事，要看对男人来说到底有多好这一口。之前也说过，男人性欲最高涨是在挑战未知时。

第一次最热血沸腾,次数越多,兴奋度越低。就这样,慵懒和倦怠与日俱增,最终成为负担。

性爱是负担?

很多女性都认为男人是无性不欢的生物,但对男人来说,跟已经发生过关系的女人再次发生关系并不是那么美妙的事。尤其是感觉疲惫、没什么兴致时,甚至感觉很吃力。

所以对女人最用心是两个人的关系开始不久,随时有危机感和饥渴感的时候。两个人的性关系要极力掩人耳目,越过重重障碍,才终于幽会成功,这样的时候性欲最高涨。反之,性欲最低落的是处于安稳状态下要和同一个对象每次重复相同动作时。

也就是说在家不行喽?

至少别指望丈夫对结婚三年的妻子能像谈恋爱时那样饥渴。不过,结了婚立刻就不做了也是极端情况,很多夫妻都是婚后过段时间慢慢不做了。特别是有了孩子以后,丈夫脑海中已经把妻子从"女人"转换成了"孩儿他妈"。

妻子中也有些人生了孩子后就不想跟丈夫发生关系了。想着就这样抚养好孩子,随着年龄增长,性爱这件事慢慢自然而然地淡出生活。

确实,很多女人会这么想。

另一方面,希望能永远被当成女人疼爱的人也很多。

在爱情方面,女人从精神上的幻想到肉体上的快感,基本上全都是慢热型。对性爱也是,最开始接近厌恶甚至拒绝,慢慢习惯,再到如狼似虎。但是男人对什么都是一开始兴致勃勃,慢慢感觉变淡。性欲也是,每多做一次就下降一些。女人的上升曲线和男人的下降曲线在结婚的时候正好相交,之后分别向上向下渐行渐远。那么无性婚姻的问题就出现了。

日本人没有危机感

据说外国男人婚后性生活需求更多。日本人跟法国人、美国人相比,发生性关系次数少多了。

其中一个原因是日本男人工作过度劳累。加班时间长,人际关系压力大,再加上赶通勤高峰、晚上还有社交应酬,每天精疲力竭。

确实,很多大叔看样子就累得不行。

还有一点,日本人的传统伦理观成为阻碍。

什么意思?

现在也变了,不过在日本,迄今为止,很多人潜意识里还是认为结了婚就不能见异思迁了。

这倒是……但这跟夫妻间没有性生活有什么关系呢?

当然有关系。在美国或法国,自己的妻子被其他男人盯上,或是自己看上别人的妻子,都是日常频发的风险,步步惊心。所以,夫妻之间很紧张彼此。妻子在他人眼中是魅力女人这件事对丈夫形成刺激,一不留神就会被抢走。有了这种危机感,更想牢牢守住自己的女人。所以男人也更注重性生活。

女1: 这么说来，和美国人结婚的女人面对丈夫也要经常放电，让丈夫"看这里""不要去外面拈花惹草"，也很累。

可日本男人一结婚就认为妻子彻底成了自己的财产，放心得很。事实上，日本跟国外相比，看待人妻出轨这件事更加严苛。男人平时在公司，跟酒吧、舞厅女子卿卿我我也不觉得是个事儿，可要是跟人妻发生关系事情败露，立马遭受谴责处分。

之前的大选中，身为狙击野田圣子的"刺客"被输送到岐阜一区的佐藤由佳里的丑闻就引起了轩然大波吧？

女1: 还上了周刊杂志呢。

佐藤在美国还没打完离婚诉讼官司就回到日本，跟有妇之夫发生了关系。周刊杂志上一片哗然，指责她"明明有丈夫还跟别的男人发生关系""逼着有妇之夫离婚，破坏别人家庭"。可一个从美国独身一人回国的茫然四顾的三十七岁女人，委身于接近自己的男人是很自然的事。

这种事被定位成出轨，引起轩然大波，就是人们长期浸淫在传统伦理观之中的缘故。在当今社会，婚姻生活中既没有刺激也没有危机感。随之而来的就是在家庭生活中失去了精心经营性爱的必然性。

女2: 可是，这样下去没了性生活，女人会很苦恼。大家都说"没了被丈夫爱着的实感"。

与其说不爱了，不如说是没了做爱的气力更为恰当。

女2: 这就是问题所在。先生您总说"没有肉体上的爱就不是爱了"。

的确,没有在肉体上深入的爱就称不上纯粹的爱。婚外情作为"爱"来说比较纯粹的地方,在于它超越了各种利害关系和得失考虑,两个人在性的层面彼此相爱。从这个意义上来说,没了性关系的夫妻之间的爱已经不是纯粹的爱,在头绪繁多的生活问题里掺杂了不纯的东西。

可是,真的没有爱了吗?我朋友钻进牛角尖,跟丈夫提出"我们离婚吧",可她丈夫说:"我需要你,我爱你,绝对不会和你离婚的。"

那是因为那个男人把她看成生活搭档、可以帮助他料理家务和育儿事宜的人进行评估,觉得她是不可或缺的。是出于"我相信你,所以把这个家交给你",或者"生了孩子,好好抚养长大"这个意义上的信赖。

如果说这也能叫爱,那么是有爱,但纯度很低。所以,很多人说我不要这样,干脆不要结婚好了。又要经常待在一起,又要频繁做爱,这对男人这个性别来说要求过高了。

但是很多女人觉得这样还不能满足。

夫妻之间的信赖感和性爱两方面兼备才有被爱的感觉。

我明白,女人通常很"看重精神上的爱"。非要分出个上下的话,你们觉得肉体上的爱低一等,精神上的爱才是真正的爱。

是的,是这么想的。

已婚男人觉得信赖妻子,什么都交给她管,这样已经是在切实践行精神上的爱,但是这样也还是没用?(笑)

夫妻间的性深度不够

 只要丈夫至少能表现出很珍惜妻子就可以了。就是因为丈夫不明白这一点,所以妻子想要通过索求性爱来确认自己还被爱着。

 确实,日本男人不擅长表达爱意,也很少做。总觉得不用付诸语言对方也该懂,满心认定妻子也已在婚姻这段稳定的关系中到了满足。从这个意义上来说,彼此之间的沟通并不到位。

 怎么做才好呢?

 这个不大好说。

 什么?

 夫妻之间没有性生活的另一个原因是,在性爱中,女人可能确实做得不够好。

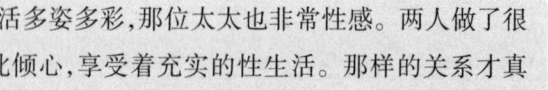 做得不够好?

也就是说,夫妻之间性爱层面的关联还没那么深。之前《妇人公论》上登载过一对彼此非常恩爱的七十多岁夫妻的手记吧?

哦,就是那对两个人一起体验各种形式的性爱并乐在其中的夫妻啊。

 好像说性生活多姿多彩,那位太太也非常性感。两人做了很多尝试,彼此倾心,享受着充实的性生活。那样的关系才真叫棒。

屈指可数的案例。

 当然,也跟性格有关系,普通夫妻不管是丈夫还是妻子,在性的方面都没有那么成熟。结婚的时候妻子也还年轻,也不觉得那么做好。而男的也还有待成长,无法带动女人成熟起来。

 可是,结婚以后两个人一起成长不行吗?

 奔着这个努力是可以的,但到了那个时候,男人又做不动了。这里面还是有女人这方面的问题。

 到底是什么意思呢?

 如果女人在性方面不够成熟,很难达到高潮。和这样的女人发生关系,对男人来说是相当大的负担。

 呃……高潮?

 男人嘛,做爱时还是希望对方能够自由奔放,达到性高潮。可要是女人没什么反应,跟条金枪鱼似的翻个身而已,男人就不知道自己有什么好努力的,结束之后也是无比空虚。能让男人想要长期维持关系的,是那种富有风情、互动良好的女人。

 真的吗?还真没听过。

 这种事男人是不会摆到台面上说的。

 为什么不能说呢?

 "那么你能让她达到高潮吗?"要是被这么一问可就尴尬了(笑)。要想让女人达到性高潮,没有男人的努力引导是实现不了的。但是要调教不成熟的女人很费劲。特别是夫妻之间,常常搞到一半就放弃了。

那么容易就放弃了吗？再多努力一点点就好了啊。

男人也有顾虑,要是让对方太舒服了,老是缠着要可怎么办啊(笑)。不管怎么说,夫妻之间因为彼此没有紧张感,从公司一身疲惫地回来,就算做爱,妻子也是跟条金枪鱼似的没什么反应,那么丈夫也就提不起什么做的兴致了。可要是直白地那么说,大概会被妻子反驳"你才像金枪鱼"吧。(笑)

的确如此。(笑)

确实,女人要经过怀孕、生育,在性方面才能进一步成熟,性欲也会提高,能够得到更强的性高潮。所以,如果到那时男人再尝试一下,应该可以享受到很棒的性生活。

可大家都不尝试了呢。

早就放弃自己妻子了,根本不往这方面想。总之,还是丈夫和妻子都不够成熟。

彼此都很幼稚呢。

可是抱怨缺乏性生活的主要是妻子这一方,丈夫觉得自己这边不成问题。自己只要射精就能达到高潮,说得极端一些,打手枪也可以。

那就搞不好了。

不过,除了性爱,还有其他解决途径。

您指的是？

大部分男人认定要给女人性方面的满足必须做爱。这也是通常男人看到女人只想到做爱的证据(笑)。实际上并非 All or Nothing,晚上二人独处时,可以拥抱一下说句"今天有些累了,可还是想跟你抱抱",或者说"爱你哦",温柔地摸摸后背。

 没错没错!

 稍微花点心思就能打动对方。

举手之劳就可以让夫妻关系大大改善。至少不用因为没有性生活而离婚,可日本男人还害羞蠢笨、一意孤行地不去做。这样什么时候也别想过上前面说的那对老夫妇那种令人艳羡的性生活。

话题 22 / 名为"性爱"的劳动

 近来,中年人缺乏性生活成为话题。

 对对,这段时间经常有杂志出特辑。

简单划到中年,范围未免太过宽泛,不过至少过了五十岁,夫妻间的性生活转淡确实是常态。结婚之后,男人对妻子的性欲就骤降了,到了五字头后半段至六十岁之间没了性生活也是理所当然。从前没人讨论这事,现在也是五花八门的消息太多,烦恼的人才变多了。

 跟别人比比,就觉得"我们家是不是太奇怪了啊"。

不过,一直以来都有个疑问,夫妻之间缺乏性生活真那么成问题吗?

 嗯?你是什么意思呢?

结婚的目的之一是绵延子嗣吧?从这个意义上来说,二三十岁没有性生活可能是问题。可人到中年,很多人之前已经生好孩子了。

 说来倒也是,但是……

之后的性生活只是夫妻之间的需求,这可能就有点强人所难了。所以,如果只是单纯想要做爱,有时就在外面找个适当的对象解决了。

寻花问柳吗？没那么简单哦。

可是城市里的人妻中，在不破坏家庭的前提下享受婚外情的人不在少数。妻子四十过半时，丈夫已经接近五十。那个年纪的丈夫即使不小心发觉妻子出轨，有时也会视而不见。

是吗？

到了这个年纪，跟相伴多年的妻子分手再从头开始，有这心力的男人没大有了。要是自己有外遇对象还考虑考虑，但如果只是妻子出轨了，坚决不离。从这个意义上来说，妻子们也比较容易见异思迁。

可是也有很多妻子不会走到出轨那一步的哦。

是的。所以才为跟丈夫没有性生活这事苦恼。妻子也希望丈夫能一直把自己看作一个女人。

话虽如此，但男人对于确定主权的事物就提不起兴致了。要把已经生儿育女、整天睡在枕旁的妻子始终看成女人有所反应，对男人来时实在是要求太高。唯一让丈夫重新把妻子看作女人，大概就是妻子出轨的时候了。

感觉有些危险时，或许会再一次提起性生活上的关注。可是，要是没这些事，又要求确保婚姻关系带来的经济和精神上的稳定，又要求丈夫把自己看作女人热烈渴求，我想那是相当强人所难了。

做爱对男人来说是重体力劳动

 丈夫这一方不会为夫妻间没有性生活而苦恼吗?

> 我觉得几乎不会。觉得"夫妻间没有性生活是个问题"的差不多都是妻子这一方吧。或许这跟女性这一性别的复杂性息息相关。

 复杂性?

> 男性比较简单,自慰也能获得相应的快感。从无须他人帮助就能获得快感这一点来说,可以说是个非常自立的性别。然而女人要想获得冲上云霄的快感,必须需要男人这个搭档。从需要对方这一点来说,女性没那么自立,更为复杂。

 这倒是有可能。

> 假如男人只要不和妻子接触就没法获得快感的话,那么夫妻间没有性生活就是大问题了,但是男人只要能做爱,对方是谁都可以。在色情场所让陌生女人提供一下服务,就能射精,就算行为本身很无聊,但只要射精就有快感。所以色情产业才那么繁荣。

 这在女人来说是不可想象的。

> 所以这些事没有男人会明说。不过最近好像也有女人开始接受性服务了,当然只是个别现象,大多数女人还是通过和特定的喜欢的男人做爱来获得满足。

 对方一定得是自己喜欢的人才行哦。

> 因此,夫妻间没有性生活对女人来说是个问题,对男人来说不

是什么大不了的问题,明显存在差异。男人嘛,看看南极科考队带着充气娃娃去就明白了,说白了,对方未必是人都可以。(笑)

这……

事实上,不想和妻子做爱的另一个原因就是对方是人,太麻烦。要是不考虑妻子的状态,在她熟睡时突然要求做爱,妻子会说"睡着呢别动""你要真想做就好好做""为什么你一完事就背过身去"之类的,各种抱怨和不满。

站在男人的立场上,只想在想做时来一发,不想听这个那个的抱怨和要求。说得过分一点,恨不得一完事就消失。

过分!把人当什么了!

当然了,这些事要是跟女人一讲就完蛋了,大家一定要守口如瓶(笑)。只不过男人到了中年,对性爱的要求也在变化。不再像年轻时那样简单粗暴地完事,只顾自己射了就完,而是希望在性爱中对方也能获得快感,想在结束之后听到对方说"越来越爱你了哦"。

在性爱方面成为行家里手,不仅满足于自己得到快感,这样男人的性爱就进入第二阶段了。

这样的话,妻子也能得到满足了。

不过多数情况下妻子不会满足于此。

为什么?

最大的原因是,有了这么一回,妻子尝到了甜头,是不是会每天要求这么来一次呢,这就恐怖了。

这么说来,倒是听过一句话是"不要让妻子尝到甜头"。

一样的道理,让她感觉好了,她会说"太棒了,拜托一定还要哦",比较怕这个(笑)。要是妻子以外的其他人,缠得烦了可以一走了之,可怎么逃也逃不出妻子的手掌心啊。

为什么非逃不可呢?做不就行了。

在性爱中,通常女人都是接受的一方,所以可能不明白,男人做爱需要相当的能量。首先从勃起这一发动通往性爱的第一次引擎的动作开始,整个过程中不能停止运动。

特别是为了让对方达到性高潮百分百得到满足,男人必须付出相当多的时间和劳动力。所以,要是对方是非常心爱的女人还能做到,但面对朝夕相处的妻子就吃力了。性爱从某个方面来说是种非常男女不平等的行为。

那么简单的事,有那么累吗?

要让对方欲仙欲死可是一点都不简单的——所以才说女人可怕啊。(笑)

妻子吃奢华午餐潇洒浪漫,丈夫乘满员电车辛苦加班

现在在中年夫妻之间成为问题的缺乏性生活这个事,可能跟丈夫和妻子能量消耗的差别有关系。

这是怎么回事呢?

那个年龄段的男人正当所谓年富力强的阶段吧？如果夫妻俩都在职场，倒是差别不大，但如果妻子是全职家庭主妇，一天下来显然是丈夫在肉体方面的能量消耗更大。想想普通公司职员的生活状态就很容易理解。

每天早早起床，乘电车赶在八点或九点到达公司……

其中不乏要在满员电车上晃荡一两个小时的人。接下来一整天埋头工作，到了傍晚还有客户接待啊朋友聚会喝酒等事情。如果是中层管理者，还背负着部门项目的责任，日日被拷问业绩或者为维护上司和下属的关系而烦恼，就连歇歇脑子的空儿都没有。然后一到周末……

老婆说："你再多为家庭做些贡献嘛。"

"帮忙做些家务"啊，有时还要求"带孩子去游乐场玩玩"啊。生活如此疲惫，再听到"晚上做一场吧"……

我们都是职场人士，能够理解哦。为了工作筋疲力尽之时，又被逼着过性生活，真是烦得够够的。

尤其是男的在性爱中消耗的能量本身就比女人多。赚了大把的钱，竭尽所能谋求升迁，又被要求晚上过性生活满足妻子，对丈夫来说也太严苛了。要想统统满足，一个女人得配上俩男人，一个干活用，一个做爱用，非得一妻两夫制不行。（笑）

可要是真那么吃力，被妻子逼迫时直言不讳难道不行吗？

这个嘛，说是会说的。妻子追问"为什么不过夫妻生活"时，男人都会回答"累了"。

妻子一直是家庭主妇的话,可能没办法理解丈夫疲劳的程度。

其实如果不亲身去体验一下通勤、工作,是不会理解那份辛苦的。丈夫一天下来消耗的劳动能量和家庭主妇的消耗量相比,显然主妇更轻松,客观存在不均衡。上次也说过,只要孩子可以离手了,家庭主妇就有了无限的闲暇。

现在有洗衣机、吸尘器……家务劳动大幅度电器化,这些全都是为家庭主妇提供帮助的商品,而能让男人轻松的产品却几乎没有。不仅如此,男人的工作压力还在不断加大。电脑的出现让公司更强调效率,拜新干线所赐,东京、大阪这种当日往返的出差也成为理所应当。

 而在丈夫打拼时,妻子在跟朋友去美味的餐厅享用午餐。(笑)

 白天养精蓄锐,晚上精神抖擞。(笑)

丈夫这么想想就不愿回家了。我想晚上一堆大叔流连在声色场所估计也有这个原因。

 听说最近很多丈夫就算在家,也是一吃完饭马上钻进自己房间。

 躲在家里。(笑)

到了国外就明白了,在意大利等地中海国家,乃至南亚一带,男人们大白天就聚在酒场上开喝,或者什么活儿都不干,无所事事地坐在马路边上。日常劳作基本上都是女人在做。

背着孩子干农活。

说起来,在非洲看到狮子,雄狮在无所事事地瞎溜达。不过一旦狮群被攻击,雄狮会瞬间发动。

那才是雄性本来的姿态。人类也是,过去,男人是族群里的顶梁柱,活动仅限于狩猎、祭祀、战争这些关键时刻。因此剩余精力就用来在床上征服女人。反过来说,要是不能保证男人有这么多空档,他们也不会去做爱。日本男人如果能再多些闲暇,或许也能做得很棒。(笑)

可要是让男人那么空,他们会乐此不疲地跟妻子之外的女人做爱的。

有这风险(笑)。但眼下的状态是把男人逼得太紧了,所以也请稍微体谅一下丈夫们的不易。只是目前让缺乏性生活成为问题的,是不管在精神层面还是肉体层面,一夫一妻制带来的失衡都在进一步深化。或许很有必要动真格针对这一点做些结构性的改革了。

话题 23 / 男人的孤独希望有人倾听

 前段时间去参加了一场"中年联谊会"。

 一群三十五岁以上的男男女女聚到一起,边喝边聊。

 开心吗?

 嗯……不过,不知道怎么回事,自己好像成了倾听者啊。一开始是大家聊聊工作,聊聊兴趣爱好,闲扯一通,可慢慢就变成男人自顾自地讲自己的事了。

借此推销自己吧。

 多数是牢骚和真心话。来的男人都是已婚人士,讲的都是些外遇的事或者跟妻子的争执之类的。

这哪里是联谊会,纯粹是杂谈会(笑)。男人也好,女人也罢,如果真心想找恋爱对象,都会稍加注意,尽量让对方看到好的一面。不过,也得体谅他们掏心窝子的心情。男人常常有倾诉的欲望。

 倾诉的欲望?

男人总想把自己的经验啊、引以为豪的事情啊,或者平时的思考跟什么人聊一聊。可现实生活中,包括家人在内,没人能够认真倾听这些话。所以一遇到可以畅所欲言也愿意倾听的对象,就收不住话匣子了。(笑)

这么说起来,确实有些中年男子平时老实巴交,酒精下肚就滔滔不绝了。

平时郁积在心里的话像决堤一样一口气倾泻出来。这样的男人讲述的内容多是回首过往。回顾一下自己的童年时光,还有战争中的悲惨体验、贫穷的记忆(笑)。现在,当初婴儿潮出生的人已经成了大叔,他们会说"我们出生那会儿,竞争可激烈了",感觉到了年代的变迁。

可我觉得,有什么想说的在家讲讲不就好了。

就是做不到啊。

为什么呢?

您说您听到一些出轨的故事,那是因为男人最爱讲的就是跟女人有关的事。

一直闷在肚子里的那些对女人的想法啊,之前的恋爱经历啊,"现在在外面在跟这么个女人交往"啊,"喜欢一个女下属,可追不到"啊,"跟酒吧的女孩睡了,有点失败"之类的(笑)。可是没有心胸宽广的妻子能不动声色地听完这些话。

那是自然。

敢说这些,那还不得暴怒。

所以,"我喜欢你,但是也想跟那边那个年轻小姑娘睡上一觉"这种话怎么都说不出口。(笑)

没有其他能听男人讲这些的人吗?

189

女人总有一些没有利害关系、能掏心挖肺的闺蜜。跟这样的朋友,从爱好到恋爱都可以畅所欲言。

 是啊。

可男人能有肝胆相照的朋友的时光,顶多到大学时代就结束了。工作后,说是朋友,其实基本上多是因为工作关系认识的人,不能聊很隐私的话题,不会想跟这些人讲。也不可能跟上司剖白恋爱的烦恼,就算跟下属聊"我年轻的时候"那些陈谷子烂芝麻的往事,人家也会不加掩饰地表现出无聊,听得心不在焉吧(笑)。

更不用提曾经关系亲密同期进公司的同事了,到了四五十岁,这些人只会是自己的竞争对手。回到家,妻子、孩子都跟自己不是一个世界的人。所以就算工作上和恋爱上有什么烦恼,也只能一个人闷闷不乐。

 听下来,慢慢觉得男人也挺可怜的了。

是吧(笑)。多数男人都没有可以敞开心扉倾诉心里话的对象。经常感觉孤独也是中年男人最大的问题。

需要倾听的对象

 这么说起来,我有个认识的男性朋友说过:"工作上遇到棘手的事时,就会去菲律宾酒吧。"

只是想花钱去店里找个女人听自己倾诉。现在也有女人出入牛郎夜店了,但是去酒吧夜店的主要还是男人居多。那些店里的女人跟自己没有日常的利害关系,又能静静听自己倾诉,

190

比较容易开口。如果是比较受欢迎的男人,讲些引人注意的事,就很想听到听众说"啊?好棒啊"或是"然后怎样了呢"。砸下重金去酒吧夜店,也正是出于这个目的。

我还以为是去泡妞呢。

也不能说没有这个因素,要想跟银座的女人交往,可得需要大把票子。但那还是次要的,男人首先是希望有人听自己说话。曾对前台妈妈桑说:"您开这些店,这样的客人很多吧?"

妈妈桑回答:"是啊。客人们常常是来聊天的。忙于事业的客人们好像压力都很大。所以才需要您这样的人到这儿来放松一下。带到我们店里来又不想带回去的,就全都撂那儿。"

指的是什么呢?

妈妈桑会回答说:"昔日恋情的故事啊,外遇女人的事之类的啊。有时还会把这些女人带到店里来。"

对男人来说,跟很多女人有关系也显得很风光,很想炫耀一下。偶尔也会被妈妈桑这样的女人骂"真没用"吧(笑)?醉了说说醉话还挺开心的,有人肯听就很欣慰了。反过来说,中年男人就是这么寂寞啊,比女人想象中孤独得多哦。

妻子们可不那么想哦。

对。妻子们反而觉得:"为什么我老公每天晚上都喝酒喝到那么晚呢?"丈夫在家几乎不吭声,所以也没觉得他们有什么想说的啊。

可就像刚才说的,没法跟身旁的妻子聊最想聊的女人和恋爱那些事儿啊。想聊聊工作也不行。而且大多数男人也并不想当个话痨。

可是,现在又说男人想说话了……

妻子很想跟丈夫你一言我一语地聊聊吧?

是的。

可是男人并不想对话。只想有个人能听自己倾诉。讲讲自己想讲的事,对方对此轻轻颔首,适时应和一下就可以了。不要给什么意见,更不要反驳。从这个意义上来说,男人的对话多是单行线,而且男人也不善于倾听。

女人没办法接受单向的说话。

是吧(笑)。所以男人慢慢地也不在家开口了。不想被妻子对自己的话提出不在点子上的疑问,更不想听她啰啰唆唆的意见。而且就算说,也没人愿意听,这也是现实情况。

其实,只要丈夫在家多说说,妻子也多听听就好。至少年轻刚结婚那会儿是这么想的。跟妻子聊聊"今天在公司有件这样的事,我是这么想的"等等。

从什么时候开始不讲了呢?

大概结婚两三年后吧。不过情况比较明显的是在婚后第七年左右哦。

嗯? 这是取决于年头的吗?

夫妻关系到了第七年,正是兴致变淡,感情也大幅冷却的时候。彼此不再是对方感兴趣的对象,一起做什么事都很费劲。特别是现在,婚前交往的时间越长,婚后倦怠期来得越早。一方面,丈夫埋头工作,无暇顾及家庭。

另一方面,妻子忙于照顾孩子,无暇分身顾及丈夫。而且对丈夫来说,在家待着本身就是一种闭塞状态。

闭塞状态?

在家没有自由,无法身心舒畅

究竟是怎么回事呢?

待在家里,数千日千篇一律。这样本来就很惨了,不想再多说话惹出事来。这样一比,还是去外面和酒吧里的女人聊聊轻松得多。

是这么回事吗?

虽然女人整天说:"家庭是心灵的港湾。"

不对吗?

对男人来说,心灵港湾是能自由自在、随心所欲的地方。丈夫们平时在公司谨言慎行,为了升迁要拍上司马屁,有时还得编瞎话。没有能说知心话的对象,也得极力压抑自己的欲望,不要喜形于色。所以希望起码在家时能尽情地做做在外面不能做的事。可事实上,有妻子在就是不行。

为什么呢?明明是在自己家,想干什么干就是了啊。

比如说,从公司回到家,吃了饭,"啊,累了",打开电视,看看巨人队和乐天队的比赛。

 职场人士的放松时间哦,没什么问题啊。

看着看着又想,"啊,给小A打个电话吧。"

 嗯?说什么?

想跟刚才在一块儿的女人说声:"今天太开心了,谢谢。"或者琢磨着:"那个科室的女孩怎么样了呢?发个信息过去吧。"

 这就是放松吗?

就像我刚才说的,能自由自在地做想做的事才是放松。单身男人回到家都是这么干的。可一结了婚,通常都有妻子横在眼前……

 会说"这个点儿了给谁打电话呢?""给谁发信息呢?"

还趁丈夫洗澡时检查手机之类的(笑)。这么说来,在家根本得不到放松。想说的也不能说,想做的也不能做。无奈只能洗个澡赶紧睡了,可内心总有些欲望没有得到满足。因此会在从公司回来的路上跑去喝酒。觉得在家憋屈,索性一醉方休,睡倒在路边还更自由些。(笑)

 还有人睡在车站座椅上呢。

一心只想寻求自由,最后结果就是这样(笑)。相比被凶巴巴的妻子干涉自由,反而无家可归更轻松。嗨,一般也到不了这一步,顶多去一下常去的酒吧、小酒馆,找女人聊聊天,纾解一下紧张情绪。为了达到这个目的,花点钱也愿意,回去晚些也无所谓。回到家躺倒就睡,也就没那些烦心事了。第二天一身轻松地再去上班。

刚刚想起来了。

想起什么?

上次联谊会结束后,那些男人说"好畅快"。

大概把你们当成酒馆的妈妈桑了(笑)。朝着漂亮的妈妈桑一吐胸中块垒,然后一身轻松。从这个意义上来说,你们得到的评价可能是,"跟这些人说什么都能接受,真是成熟又感性的女人"。

的确如此。

所以"眼下还不是追求者"。(笑)

这倒是意料之外。

不过,做个倾听者也不是坏事。平时总在批评男人,偶尔做个志愿者抚慰下可怜的男人也好。(笑)

话题 24　最后回归妻子那里的男人的心声

我一个单身的朋友当第三者多年,最后还是分手了。那个男人之前明明说了四年要"和妻子离婚跟你结婚"。

> 分手的导火索是什么呢？

那男人的太太说:"请不要抛弃我,没有你我活不下去。"男的就回归家庭了。

> 这种案例很多。

是吗？

> 本来离婚就需要超多的精力。大多数男人一旦组建了家庭,都没有打破重组的精力。首先,跟七大姑八大姨,甚至公司同事、老板及其他朋友等各式各样人等通报就很烦了,最怕的是婚外情一朝败露,妻子闹得天翻地覆。背负着这么大的风险再婚,价值几何？评估一下之后,就很难踏出那一步了。

可要是那样的话,就不要轻而易举地跟人说"和你结婚"这样的话啊。

> 确实如此,但是男人为了追女人,有时是不择手段的。因为婚外情对象喜欢听,为了讨取她的欢心,会讲些甜言蜜语,其中肯定包括结婚这种字眼。我想,"早晚要跟你结婚"恐怕对于俘获你那朋友来说是最有效的。

那也太不负责任了！对女人来说,"结婚"两个字可是看得相当重的。

生气是自然的,但应该想得更深一层。大抵有外遇的男人跟情人说"我想和你结婚",不如解释为"想和你继续保持情人关系"这个意思更恰当。

可我朋友的情况是,对于结婚后两个人一起过什么样的生活都已经讨论得很具体了。她哀叹的是因为这段感情,她错过了结婚生孩子的最佳时期。

可能那个男人一开始也真心有离婚的打算。可人的情绪是会改变的,尤其是当女人表现出对结婚强烈的期待,开始逼迫他时,男人就心生退意了。

可明明是男人让女人有这种想法的啊。

或许是。可如果女人过于看重这个,男人就会很扫兴,觉得:"难道我是你实现结婚这个目的的工具吗?"在这个过程中慢慢厌倦,开始冷静地审视对方。这种情况下,最重要的是,不要让男人把离婚说出口之后的阶段拖得太久。

除非是在男人对外遇对象相当痴迷的时候,不然根本离不了婚。但真坠入爱河顶多不过是一开始的一两年,之后逐渐就有了惰性。这样慢慢拖下去,最后能走到和妻子离婚这一步的寥寥无几。

男人受不了女人的哀求

这个阶段一旦拉长,女人也很痛苦。朋友就是实在被拖太久,忍不住斥责那男人了。

能够体谅她的心情,但这样一来,那男人回到妻子身边的概率更是一下飙升了。

果不其然,还是每天近水楼台的妻子占据优势啊。

也不尽然。正因为每天都待在身边,才没了新鲜感,甚至已经腻烦了。说到惰性,再没有比经年累月的婚姻生活更会让人产生惰性的了。可另一方面,妻子又支撑着丈夫每天的生活,养育着孩子。在这些具有实用性的方面,妻子占据着压倒性的优势。

过分,竟然说到"实用性"。

可不能小瞧这一点,这在现实生活中是不可或缺的。尤其男人的真实心声其实是,既能跟已经习以为常、关系稳定的妻子接着一起过日子,又能享受跟情人在一起的刺激关系。

尽管如此,男人会舍弃安定的生活选择再婚,必定是两种情况中占一种,一种是情人如同天仙下凡,另一种是和妻子的关系已经形同水火。

可我朋友……

那男的跟妻子离不了,估计还是因为对你朋友的心意没有那么强烈"笃定"。至少跟妻子之间的差别没有那么大。妻子和情人的价值大致均等,即便情人略微好一点点,男人也不会为其舍弃家庭,而且那个妻子大概哀求他"不要抛弃我"了。

说"没有你我活不下去"之类的。

男人最扛不住这些话。

是吗?

 因为男人基本上都喜欢被依赖、被哀求。妻子一哀求"不要抛弃我",他的内心立刻动摇了。

 真是难以置信。

 您是讨厌哀求的吧?

 感觉挺没自尊的。

 可那样哀求的女人反而满足了男人的自尊心。因为男人就是喜欢对方处于下风,把自己高高捧在上面。男人的P君勃起也是一样道理,都是喜欢被捧着。

 那个跟这个完全不一样吧?

 可听了"没有你我活不下去"这种话,男人会喜不自胜,想着要么就应了吧。

 难道不会觉得郁闷吗?

 当然也有郁闷的一面,但大致上男人都希望有生之年能听到哪怕一次这样的哀求。可现实生活中,不管是家里还是公司里,几乎没有这样的机会。所以如果在公司里领导偶尔说上一句"没有你这个项目干不成",必定会拼尽全力投入到工作中去吧?(笑)

 真是头脑简单呢。

 的确,从这个意义上来说,男人是很简单的生物。而且,情感也非常脆弱。因此,很难办到甩开苦苦哀求的妻子跟别的女人走这种事。不管怎么说,跟妻子之间起码还有历史。

 历史?

从谈恋爱到结婚一路走到今天,起起伏伏,沟沟坎坎。回顾一下两个人一起一路走来的历程,两个人一起发出誓言时的心绪和年轻时自己意气风发的样子跃然眼前。

那个时候,两个人一起快乐也好,困顿也罢,都是这个女人竭尽全力地支持着自己。看到妻子的模样,就等于看到了投射在上面的自己的青春岁月。在回首往昔峥嵘岁月方面,情人是怎么都比不了的。

 可是这些回忆都是很久以前的事了吧?

男人是种经常回顾过去的生物,也很珍惜现在的记忆,过个十年再回首,也还是会说"那个时候真好"。这一点女人可能很难理解。

 过去就是过去啊。

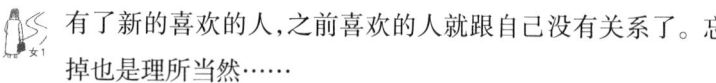 有了新的喜欢的人,之前喜欢的人就跟自己没有关系了。忘掉也是理所当然……

一般来说,女人一次只能爱一个男人,正因为这样,一旦对那个男人失去兴趣,就会手段高明地一甩了之。一切都是 All or Nothing,老是盯着过去,也再也回不去了啊。可男人可以同时爱上不止一个人,大搞暧昧,所以常常回顾过去。要想了解男人,也请记住这一特点哦。

男人会回到出生的河流

 也就是说"没有你我活不下去"这话很容易打动男人喽?

 说这话的女人是否真心这么想另当别论,但只要这么一说,加上掉几滴泪,男人觉得"她那么离不开我",就被感动了。

 那么我朋友也跟那男人的妻子一样苦苦哀求就可以了吗?

 这就有点不一样了。结发妻子做过的事,情人再来一遍,就是炒冷饭了。就算做了同样的动作,也还是妻子那边占据有利地位。对于心态上已经倾向于回归妻子那边的男人,情人越是大哭大闹,越会让他越来越冷漠。

 那怎么做比较好呢?

 最佳方案还是毅然决然拂袖而去吧。或者,在男人面前潸然泪下却半句不加责备,一言不发地离去。这样分手留有余韵,会永远留在男人心中。

 余韵有那么重要吗?

 男人对余韵很没有免疫力。即便原来觉得她有些缺点,但毕竟还有恋恋不舍之处,一言不发就离去,反而会让他想再追回来。反之,如果女方大闹,男人会越发郁闷:"跟这种女人在一起可吃不消。"

 可是两人在一起久了,女人也会有些回忆和眷恋。毕竟爱过一场,没办法头发一甩、潇洒地大步走开。

 那是自然。那是没有看穿男人已经变心,所以没办法遗忘。尤其是较之刺激的恋爱关系,男人最终选择的还是平稳的生活。

平稳的生活?

充满紧张感的波澜起伏自然是好的,但最终还是想要回到游惯了的河流。男人跟鲑鱼是一样的。

嗯?鲑鱼?

是的。鲑鱼稍微长大一些,会离开出生的小河,游向大海。在海里历经各种冒险成年之后,最后又回到小河。男人也是一样,在花丛中几经流连辗转,最后几乎都是回到妻子身边。

特别是长时间出轨又跟情人发生争执的男人,就跟虚弱的鱼儿差不多。时间和金钱统统倾注到情人身上,却被情人责备,这种时候就想早日回到母亲河了……

想要被温柔地揽在怀里。

对对。所以就算垂垂老矣也要拼尽最后一口气回溯到小河。瞧,您已经明白了。(笑)

不,我不明白。这也太任性了啊。

不过,女人也有很多任性妄为之处。真相就是男人女人都一样,都是任性的生物——但又都坚持认为对方更加任性。(笑)

可是,游惯了的小河就那么好吗?

女人只要走出去,就断然不再转头回看身后。一旦出轨,为之倾心,毅然离婚的案例也很多。对于爱情,就是干脆利落,一清二楚。但是男人这种生物完全不像外表展示的那样,其实很脆弱,难以自立。小时候被妈妈疼爱抚育的记忆留在心中,长大成人后,也难以从这个习惯中自拔。虽然经常不怎么安分,蠢蠢欲动,可但凡有风吹草动,还是渴望被妈妈一般的爱温柔包覆。最终结局还是回到最让他舒服的地方。

可我不想变成只知道温柔顺从的女人。

男人很容易得意忘形翘尾巴的哦。

诚然,迷途知返的男人有时可能会耀武扬威地说:"是你求我回来的。"可是不管丈夫说什么,抛弃情人回到妻子身边这事是千真万确的事实。这一事实随着年龄增长越发显得有分量。

是吗?

男人并非总能受女人欢迎。过了五十还能有女人贴过来的屈指可数,退了休就基本上就无人问津了。从这个时候开始立场逆转,妻子开始复仇(笑)。男人刚刚转了心性,觉得自己"只有妻子了,一定要好好珍惜",没想到却被妻子反将一军:"你算老几?你以为我只会逆来顺受吗?"(笑)

母亲河漩涡骤起。(笑)

这时候再去呼唤昔日情人,也怎么都回不去了。(笑)

卧床不起时还会被嘲讽:"说起来你从前还大搞外遇呢。"

跟男人不同,女人要是翻起旧账回忆来,可是非常恐怖的。虽然花了些时日,但最后还是女人占据了主导地位。(笑)

话题 25 / 退休即变的夫妻关系

 这段时间中老年离婚率上升了。

跟年轻人离婚数量相比还是少的,不过根据统计确实在增多。

 好像很多案例都是在丈夫退休的同时,妻子提出"我想离婚了"。

直到四十多岁之前还是养儿育女的阶段,妻子也还离不了丈夫。需要经济支撑,为了孩子健康成长也需要家庭完整。但是进入五十多岁后,孩子基本上离开了身边,只剩下夫妻二人,对妻子而言丈夫不再是必需品(笑)。反正已经不再是性爱的理想对象,也无须再为了孩子苦苦忍耐。

 从妻子的角度来看,会觉得丈夫在家庭里始终是缺位的状态。

的确,男人打拼事业时全身心都奉献给了工作,所以无暇顾及家庭。在妻子看来,对他"没把家放在心上"颇有微词也很自然。

 在那个阶段,妻子非常孤独焦躁,可丈夫又不听自己倾诉。

 也没有夫妻生活。

 到了退休终于可以果断放弃……

退休的丈夫表示:"从今天开始,可以每天都在家了。"之前几乎不在家待的丈夫如今二十四小时全天候在家,忽然跟狗皮膏药似的黏在身边,妻子反而无法适应这种状态了。

是啊。

让一对常年兴趣不同、离心离德的男女忽然关系改良,即使是生活在同一屋檐下的夫妻也很难做到。只是从男人一方来说,之前一直在家庭中缺位,现在想稍微弥补一下,所以觉得退休后每天待在家里,难道妻子不应该感到高兴吗?

太迟了。

是的(笑),但男人总是有所期待的。正因为如此,当妻子突然说"想离婚"时,简直想仰天长叹,心想:"每天待在家难道不是你所期望的吗?"

难道不明白妻子已经郁积不满很久了吗?

几乎所有的丈夫都考虑不到这一层。

那是因为太疏于关心了。

确实。不过,在丈夫看来,一直以来满心以为只要交钱给家里就不会有什么意见,所以妻子大概也是满意的。至少从没想过离婚,所以妻子这时提出离婚,无异于晴空霹雳。

而妻子很久之前就下定了决心,做了完备的预案。

作为丈夫,会觉得:"你在下定决心之前怎么一句话都没有,都不来沟通一下呢?"

丈夫根本不听她倾诉不是吗?

的确,走到这一步,没有体察妻子的心情可能确实是男人的责任,可退了休的男人如今只有家庭可以依靠了。工作没了,公司的人际关系也断了,孤独感和失落感空前强烈。就算寄出很多贺年卡,回寄的却大幅减少。这种时候,家庭是他最后的堡垒了,可偏偏至关重要的妻子又提出离婚。真是巨大的打击。

那也没办法啊。

如果没了妻子,大多数丈夫甚至生活都成问题。日本男人从洗衣到做饭都有母亲或妻子代劳,根本不掌握独立生活的技能。一直被贤妻手脚麻利照料的丈夫,没了妻子真是手足无措。

是因为怕手足无措才不想离婚吗?妻子可不是钟点工。

丈夫当然也没那么想。没人会把钱全都存在钟点工那里吧?

这种说法太不尊重妻子了。

明白(笑)。可实际生活中走到离婚这一步,钱也是个很大的问题。现在日本的男人总体来说没什么经济实力。通常都是太太们掌握着家庭开销,丈夫每个月从太太那里领取零用钱。工资全都划入太太账户,所以就算是赚取高薪的白领也很少有人拥有自己户头下的存款,没办法自由支配。

都交给妻子了,所以没法自由支配。

与其这么说,不如说是男人太好面子,不想提及跟钱有关的事。只要妻子提出"要相信我""交给我就行",就很难说出什么反对意见。你们二位也很讨厌絮絮叨叨问"这个月钱用了多少"之类的老公吧?

会觉得:"这男人也太小家子气。"

多说两句反而会被呛:"都是你赚得太少,才存不下钱啊。"(笑)总体而言,女人御夫有术,而丈夫被操控着,连自己的钱在哪儿,数额有多少都不清楚。人要想自立,经济是基础,这一招形同被卡住了脖子。

 与其相反的是,妻子步步为营地积攒起了离婚资金呢。有位读者来信说:"攒够了一千万日元,可以拿着这些钱离婚了。"

这是丈夫全部的积蓄吧?(笑)在日本,只有妻子会攒私房钱。我有个朋友,妻子因急病去世,银行告知他"您太太名下的存款有这么多"时,他真是傻眼。

 是为什么做准备的呢?(笑)

好像说妻子从前总说"每个月都紧巴得不行",存了那么多去银行,肯定紧巴啊。在这些方面还是女人深谋远虑,不能掉以轻心啊。(笑)

男人和女人力量关系逆转

基本上,迎来退休时刻的男人处于人生最脆弱的时期。一直算计着这个时刻提出离婚,也太不近人情了。

可男人为什么答应离婚呢?直接说"我不想离"不就行了?

那是因为顾及自己的面子。年过六十的男人已经被妻子爱答不理了,男人的自尊不允许他再死皮赖脸地追在妻子屁股后面说"我不想离",所以只能无奈接受。只是内心会翻江倒海:"为什么不早些提出来呢?"

早些会更好吗?

至少如果是四十多岁,立即就能找到备胎(笑)。在男人最颓废的退休时刻提出离婚,实在太过残忍。

可妻子也有妻子的想法啊,她们觉得"要支持这个人一直到他的职场人生结束为止",所以一直在苦苦忍耐。

其实退休之后才是最需要支持的时候(笑)。早点提出来多为人着想啊。起码到五十岁之前都还要精力有精力,要工作有工作,也有很多邂逅新人的机会。都说是在忍耐,可这忍耐等同温水煮青蛙,不是吗(笑)? 真厌烦的话,早该离掉。

离又不离,还是觉得由丈夫养着没那么不好吧。不过,丈夫退休后,收入骤减,过不了多久也会出现需要看护的问题。接下来就算这个人在身边,也是个负担了。

暗自琢磨着"到此为止就好"。(笑)

从今往后想过自己想要的生活,反正离婚资金也都存好了。

那笔资金在丈夫退休之后也不会增加了(笑)。这种时候女人的杀伐决断可见一斑。在此之前一直是丈夫处于优势地位的夫妻力量关系至此发生逆转。

是吗?

到了六十岁左右,首先,女人在体力上占据上风。原本女人承担了怀孕、生育这些残酷的分工,生命力较之男人就更强。女人的平均寿命比男人长七年,也是明证。通常妻子比丈夫年轻四五岁,所以这个差距更大。

好可惜。(笑)

在此基础上男人再丧失经济能力的话,力量关系就彻底完成逆转。还出现了很多过分的词汇,比如"大件垃圾"啊、"烂叶子"之类的。从前丈夫去工作时,总是妻子问"几点回来啊""去哪里出差呢",现在换成丈夫问妻子"去哪儿""什么时候回"了。(笑)

还有"晚饭怎么办呢"。(笑)

妻子回来晚一些就坐不住了,到处给妻子的朋友打电话。完全拷贝了过去妻子对自己做过的那些事,因此被妻子嫌弃"吵死了"。作为丈夫来讲,是多么渴望和妻子聊一聊啊。

二十年前曾经期待的,如今终于来到眼前了……

这种时间间隔是高龄夫妻之间最大的悲剧。而且笑到最后的人笑得最好,抢占晚年制高点的人才是"完胜"。

"完胜"是什么意思?

"得晚年者得天下",成为真正的胜者。(笑)

中老年成田离婚增加

但是这个世界上总还是有一辈子恩恩爱爱的夫妻啊。

那肯定是两个人都在同步发生变化,或者都没有任何进步,二者必居其一。一般夫妻俩日子过久了,总会出现一定的偏差。

也有的夫妻为了弥补这个偏差,会培养相同的兴趣,一起去旅

行之类的。

有个词叫"成田离婚",以后"中老年成田离婚"会不断增加。长期貌合神离的夫妻俩一起去国外旅行,进一步痛切地确认:"这个人果然还是不行。"(笑)

一回到日本就说:"一直以来承蒙关照。"(笑)

如果不想离婚,还是不要勉强捆绑着夫妻俩一起去旅行为好。

女人到了六十岁左右,精力不济的人也很多呢。人生快乐与否,一切都是一场赌注。

相比而言,一门心思专注于工作的男人也少些趣味,朋友圈也比较有限。在体力开始衰弱时一朝退休,生活骤变,强大的压力随之而来。这种时候妻子再提出离婚,精神陷入萎靡,可能会忽然罹患疾病。最差的结果就是颓唐委顿,无家可归。

有这么……惨吗?

嗯,这是最极端的案例。我觉得,以后中老年离婚会不断增加,如果彼此都还有精力和经济能力,也可以一别两宽,各自去享受崭新的人生。

的确如此。

结婚这个行为对于养育儿女来说是个很好的体系,但并不利于男女之间维系爱情。所以结束养儿育女任务的男女想要离婚,在某种意义上可以说是很自然的。如果整个社会可以把离婚看得淡一点,只把它当成人生的一个段落,那么即使离婚,也可以过上更轻松快乐的生活。有的人还可以展开下一段恋爱生活。只是现在的中老年男人并不擅长恋爱,做起来没那么容易。所以,所有男人都要铭记,人人都有人到老年被妻子提出离婚的可能性。大家经常说"只要有我女儿就够了",可要是生活处于"只要有我妻子就够了"的状态下那可就危险了。(笑)

 那就对妻子好些吧。

 同时也请做好心理准备吧。(笑)

不过,即便是中老年离婚,这件事本身也没什么不好。人生后半段说不定还会发生另一段浪漫。虽然会很吃力,但有的人会把这段经验巧妙地转化为正能量。

 也可以和年轻女人交往、结婚啊。

谈场轰轰烈烈的恋爱,这种可能性也是有的(笑)。谁都不知道最后会发生什么,人生快乐就好。还是要永远向前看吧。

话题 26　追赶不上离婚理由的现代民法

最近,离婚率大幅攀升,引人关注的是妻子提出离婚主张的案例。分析下来,离婚女性的动机排名第一的是"性格不合"。

提出是因为"不能满足性需求"而要求离婚的人也变多了。

提出"不能满足性需求"的是城里人吧?小地方很难明讲到这个程度,大都归入"性格不合"这一项了。只不过最近确实由女性提出的离婚申请变多了。从前多是丈夫提出离婚,妻子抱住大腿喊着"不想离"。

过去有的妻子明知道丈夫外面有女人,还是说"我绝对不离婚"。

出于对丈夫出轨的报复心理和嫉妒心理,死活都要拴住丈夫。不过近来大家的立场逆转了,妻子要求离婚,丈夫不放手的变多了,说:"我是绝对不会离婚的。"(笑)

或者说:"拜托,不要丢下我。"(笑)

因为大多数男人都是那么没出息又恋旧的生物。虽然妻子提出"想离婚"是一大打击,过去也曾勇武非常地虚张声势说过"我迟早要和那种女人离婚",可现在画皮脱落了。(笑)

是男人变了吧?

也有这个因素,但更重要的还是男女之间的力量关系发生变化了,不是吗?男女共学的情况增多,从小就看透了彼此的真面目,女人也有了经济能力,可以自立了。而且从前因为妻子没有经济能力,不希望离婚,男人的体面才得以保全。

 现在这样行不通了。(笑)

因此成为问题的也就是那个理由。离婚理由占据第一位的还是"性格不合",这一点男人女人都没有改变,只是内幕已经大不一样了。

 是吧?

男人讨厌女人的时候有符合逻辑的具体理由,比如生活不检点啊,败家啊,样子变了之类的。

 样子变了?

明显发福,年老色衰,毫无形象可言啊。抱怨这些的时候也不看看自己(笑)。只不过这些缺点都是眼睛看得到的变化和能够说得清楚的,胖了瘦下来就好,还有回还的余地。但是很多提出"想离婚"的女人举出的理由是"讨厌跟丈夫在一起这件事本身"啊,"生理上无法忍耐"这种。

 经常听到说"生理上无法忍耐"。

男人几乎没有这种生理上的厌恶,逻辑上又说不清楚,所以这个最让人困惑。

 女人也说不清楚。

但其实是有的。

 有的啊,我朋友也因为这个分居了。她说突然从某个瞬间开始就是突然讨厌丈夫吃东西的方式了,还说他整天唠唠叨叨。

但那只是前奏吧?

是的,之后好像对丈夫的一举一动都看不惯了。

那男人也挺可怜的(笑)。明明自己什么都没有变,却突然被说"讨厌你了"。严重的时候甚至说"连你的存在本身都受不了"之类的(笑)。而且女人的厌烦一旦萌芽,就再也回不去了。妻子说:"讨厌你整天说个事都不清不楚的。"就算丈夫回应:"那我改。"又会被妻子说:"不是那回事儿。"(笑)

改了不就好了吗?

婚姻是在一个狭小空间里一起生活的制度。所以一些琐事会编织成难以忍受的厌恶。男人白天去公司工作,原本就很少感受到对异性的生理性厌恶,所以不会把这看成个事儿,而对于比男人有洁癖的女人来说,就是个大问题了。

每天同一时间回来的丈夫

女人只要讨厌对方了,就无法忍受和对方待在一起。

可是一旦结婚,就不得不和这个人生活在一起,如果对方有需求,还得被迫配合。

有的人不喜欢这样,就得了自律神经失调症。

不过,仅仅以生理上讨厌丈夫为理由离婚也相当困难。

是吧?

214

当然,如果对方同意就离得成,但如果被拒绝,走到法庭宣判或调停这一步的话,即使离成了,条件也大大不利于女方。这种情况下,律师或者调解员最先问的肯定是"你觉得对方哪里不好"。

如果有丈夫出轨的事实或者家暴的情况发生,离起来女方比较能占据有利地位,所以一般都会说"请举出丈夫出轨的事实""如果有家庭暴力请直说"。但是这种时候,单凭口述没什么说服力,因为现在的民法是物证主义。

物证主义?

要想赢取有利条件,必须有物证。比如,丈夫出轨的证据照片,被丈夫殴打的伤痕之类的。所以甚至有人为了拿到证据,故意拒绝丈夫过性生活的要求来讨打。

这也太……

主要是对有孩子的全职家庭主妇来说比较成问题。就算离了婚,如果没有赡养费和抚养费,今后的生活就无力支撑。如果没有经济能力,孩子的抚养权也会被剥夺。

也有人因此放弃离婚呢。不想和孩子分开,唯有忍耐。

这种情况下,最让人困惑的是丈夫老实本分、本性纯良的案例。

啊?这是怎么回事呢?

很早之前了,有个女人说怎么都受不了丈夫了。那个丈夫既没出轨也没有家庭暴力,为人认真体贴,每天傍晚六点准时径

直回家。也就是说,是那种人见人夸"好丈夫"的类型。可那个女人说就是受不了丈夫整天待在家里。(笑)

啊,明白。我朋友也说她老公每天都同一时间从公司回来。前后误差不超过十五分钟,六点四十五分到七点之间必定到家。跟他说:"你可以和同事喝点酒吃完饭再回来。"他也是说:"还是在家看看棒球更好。"门都不出。她说这真是令人苦闷不已,想要离婚。

这样的妻子在刚结婚时说不定还说着"今天早早回来好开心"飞扑过去呢。这样的行为延续多年后,就成了无聊透顶、惹人心烦。跟这么一丝不苟的男人一起过日子,就算你问他秋天的夜晚有多长也能给你答上来(笑)。这样的男人连晚上性生活几点开始都是固定的。

喊着:"十一点开始!"(笑)

所需时间是几分钟,体位必须是正常体位之类的。(笑)

想想都烦得不行。

因为多数这样的男人都是有些神经质、非常细致的生物。但其本人并不觉得哪里有什么不好。要说因为不正经而讨人嫌还能理解,可认认真真工作,赚的钱也统统上交,每天从公司直接回家,爱护妻子,对孩子来讲也是个好父亲,可因此却被说"讨厌这样的你",那他就一头雾水了。(笑)

道理是这个道理,但讨厌就是讨厌啊。

要是遇到这种情况,法院判决的话,妻子肯定胜不了诉。像你们这样自己工作、有经济能力的人,不需要赡养费,讨厌了就速速离掉从头开始就是了,但要是在小地方,我想还会有很多女人为此而烦恼。

《民法》有问题

 可还是有点想不通。

 总觉得还是女人比较吃亏呢。

要问为什么,可能是因为制订包括《民法》在内的现行法律的,还是男人吧。所以法律条文里根本考虑不到类似女人的生理性厌恶这样的问题。

 可是结婚是男女双方的问题。

没错,但这些问题是旧时的价值观延续至今的产物。

 旧时的价值观?

比如,在江户时代,假如女人想要离婚,只有逃入救助寺院一条路。通奸罪也只是适用于妻子一方。妻子出轨一旦被发觉,游街示众之后还要被判死罪,也是只对女人才那么严苛。当然,实际上这样的情况很少。

如果武士被妻子戴了绿帽子搞得世人皆知,丈夫会再难抬起头来,所以即便有妻子出轨的事实,丈夫也会秘而不宣。这样一来的好处就是有的妻子无所畏惧地享受到了出轨的欢愉。(笑)

 那样的女人哪个时代都有。(笑)

不过,现在男女关系已经是江户时代无可比拟的空前自由,女人的意识也在改变。可是,有关婚姻的法律却还沿用着昔日的价值观。迄今为止其制订的基础还是基于女人提出离婚就是妻子任意妄为这种想法。

保护女性权利的组织还是应该更加积极地争取一下啊。就我个人而言,也觉得妻子的生理性厌恶作为离婚的理由之一应该得到法律的认同。就算没有物证,只要本人提出"不爱了",就可以做出评判。

有时确实是不爱了。

没人会期盼着变成这样,这只是一种类似事故的情况。

爱是很难用道理说清道明的,很难非要用逻辑道理来裁决。而且,妻子不爱丈夫了,丈夫也有责任。

是吧。

他的存在本身就让人讨厌(笑)。所以,离婚时最好还是给双方同等的权力比较好。不过,这样的话,可能有的女人会为了套取赡养费故意跟有钱的男人结婚,不过真有这种事也没办法。

就算真发生什么,最后也是做出结婚这一选择的当事人的问题。反过来说,大家都该有这个认识,结婚本身就经常存在这种风险。

所以还是希望离婚能更容易实现。这样的话,我也会认真考虑结婚的哦。(笑)

如果法律变了,恐怕从一开始就抱着离婚的打算而结婚的人会增多。

我想,如果离婚变得更容易,至少结婚和再婚都会比现在增多。但是如果制订《民法》的人听到这些话,可能会很吃惊的。他们从没想到社会会发展到一个妻子可以以性格不合或性生活不满意为理由而离婚的时代,过去从不会把这些事说出口的,可正是"妻子"来着。(笑)

现在会说出这些的恰恰变成了"妻子"。(笑)

法律根本追不上这些人类的发展变化。因此,婚姻这种每个人身边的事情才最容易出现扭曲。迄今为止,"以一夫一妻制为基础结婚"的制度恐怕也到了适用年限了吧。与其为了离婚花费大量精力,不如把考虑采用全新的婚姻形式当作大家未来更加现实的志向目标呢。(笑)

话题 27 /《爱的流放地》中极端的爱情形式

陷入得有多深

 先生,您的《爱的流放地》成为讨论话题了呢。我周围十分憧憬那种爱的也大有人在。

读者们有怎样的反响呢?

 大批热情来信,写什么的都有,非常感动啊,读罢忍不住掉下眼泪啊,在欢愉的巅峰死去的冬香得到了最大的幸福啊,好想邂逅菊治那样的男人等等。只是男性读者和女性读者来信的内容大不相同。

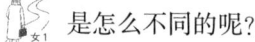 是怎么不同的呢?

男性读者来信里写得最多的是:"也想谈一场这样的恋爱。"其次是:"真有那样的女人吗? 如果有的话,真想会一会。"

 讨论的是女主人公冬香哦。

对年长的男人来说,可能现在的年轻女人不大合他们的心意。全都打扮入时、浓妆艳抹得甚至看不见本来的肌肤。而冬香三十过半,结了婚,有三个孩子,但是言行举止整洁利落,保守谨慎。虽不是模特般的美人,却能给人留下深刻的印象,男人就是会对这样的女人产生憧憬。

 憧憬就是说不会和这样的女人交往吧?

与其说不会交往,其实还是因为现实生活中没有机会。读到她跟菊治碰面数次后在一次幽会时说出"请吧"那一节,好几位男性读者来信写道:"多想这辈子能有人对我说这句话,哪怕一次也好。"

男人就是希望自己喜欢的女人能够全身心地仰慕自己,全身心交付给自己,超越所有利害关系轰轰烈烈地被爱一场。这种时候自己爱对方的方式就无关紧要、可以放在一旁了。(笑)

这才是最重要的。

不要放在一旁啊。

是啊(笑)。四五十岁的男人现实生活中如果想接近女性,估计多数首选风月场所了。正因为距离冬香和菊治那种关系十万八千里,所以才更加无比憧憬。

可男人还是想谈恋爱的吧?先生您从前说过:"男人不怎么喜欢谈恋爱。"

已婚男人如果陷入爱情,既会失去在公司的地位,又要被妻子斥责,可是摊上大事了。

尤其是日本在先进国家中,也属于制裁出轨比较严格的,被公司或妻子知道就出大事了,因此只能拼命压抑自己。不过大家心中都怀有一个梦想,渴望燃起真正的恋爱火苗,哪怕一次也好。

所以才羡慕拥有了那种恋情的菊治吧?

也不能这么说。要是光有冬香那样的女人和炽热的爱恋倒是好的,但要说再往前走一步的勇气和决心,恐怕是很难拿出来的。

到达高潮的瞬间掐死冬香……

关进监狱,自由、前途统统没了……实在是很难承受。

那部小说里,菊治从一开始就远离社会名誉和成功之路。人过中年的男人很多时候都为自己平淡无奇的人生感觉羞愧,所以会对菊治那样的男人多少产生一些共鸣。

尽管如此,要说在现实生活中像菊治那样陷入爱情深渊,还是挺恐怖的。内心真实的想法是一方面很憧憬,另一方面又不想走到如此境地。

高潮的预感

女性读者的反响如何呢?

很多女性读者说自己曾经像冬香一样,正在经历外遇,或者曾经有过外遇,所以懂得冬香的心情。还有人说经历了外遇"才觉得自己成为女人了"。

成为女人?

婚后即便跟丈夫发生了性关系,却从没有过快感和性高潮。可是外遇对象却真正给了自己快乐,第一次体会到身为女人的喜悦和幸福感。然后还有女人问:"真的有菊治那样的男人吗?"说如果有人能让自己体验到女人极致的快感,真想能来一场邂逅。

跟男人一样呢。说"如果真有那样的人,多想来场邂逅"。

现实生活中估计是很难遇到的。也有人来信说自己体内有某种预感。

预感?

说的是现在还不懂性高潮,但是有预感如果遇到很棒的男人,真心相爱并上床的话,估计就能感知到了。

之后会发生点什么的感觉……懂了。

只是也有人害怕走到那一步。渴望和恐惧彼此交错。

女人一旦走到那一步就毫无退路了。

刚刚在那一瞬感受到了高潮,对方就要转身离去、就此分手了,欢愉的状态无法维持下去。女人明明燃烧了自我,却被男人抽身而退,告诫今后不能再见。

男人对爱情的态度果然还是比较冷漠啊。

别这么说,其实还是刚才讲的,男人一考虑到社会上的负面因素,就很难投入太多了。

可是,总觉得男人仅凭这等程度的理由就放弃了也太……

程度如何见仁见智,工作和社会地位对男人来说可是无比重要的。

从前有位嘉宾是经历了十二年外遇的女性,后来好像又找了新的男朋友。

 这么说来,她丈夫、最开始的情人、新情人,她跟三个男人……

 丈夫是生活伴侣,最开始的情人是性伙伴,新情人可以一起去听听歌剧吃吃饭,主要是参加娱乐活动专用的。

和他们都有肉体关系?

呃,她说她也想过这样做到底好不好,但读了先生的《爱的流放地》之后释怀了,肉体关系就是肉体关系,好好珍惜就是。

 跟三个人上床,我挺不能理解的。

跟三个人保持肉体关系,又都能享受其中。最近这种像男人一样的女人好像变多了,不过还是极少数吧。多数情况都是爱上一个男人并深陷其中,就不再靠近别的男人了。来信的女性读者也写道,外遇中被点燃时"特别不能接受丈夫"。

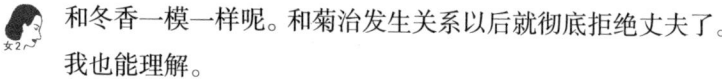 和冬香一模一样呢。和菊治发生关系以后就彻底拒绝丈夫了。我也能理解。

一旦对一个人男人奉献了全部身心,就无所不从,温柔体贴。

 冬香对于男人来说果然是理想型的女人啊。

没这回事。

 嗯?

冬香是个好女人,这是从菊治的角度来说。从冬香丈夫的角度来看又当如何呢?这是个问题。

呃……

我想冬香在遇到菊治之前,对丈夫而言也不是什么恶妻,至少表面上夫唱妇随。但是,内心深处并不温顺。婚后为了拒绝丈夫的性需求,故意一再怀孕。

的确感受到了女人的执念。一般不会做到那份儿上。

跟菊治的关系进一步深入后,更是彻底拒绝了丈夫的要求。既然有了喜欢的男人,所有的热情都倾注到了他身上,生理上再也无法接受讨厌的丈夫。但是因为并不具备离婚所需的经济能力,只好在拒绝的同时仍然跟丈夫生活在一起。

有段故事写道,丈夫要求冬香过性生活,她宁可被家暴也要拒绝。想来也真是固执至极。

老实巴交,但内心坚强。一门心思对自己爱的人忠诚,有骨气。过去在家庭内部男人的力量比较强大时,有很多像冬香这样的妻子。表面上顺从忍耐,内心里顽强反抗。丈夫也会察觉到,内心不是滋味。

现在在家庭主妇里依然有这样的人。

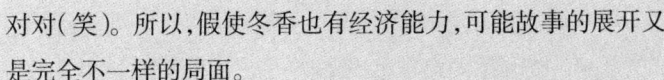表面上是个贤妻,但背地里攒着离婚资金的也是那种类型。

对对(笑)。所以,假使冬香也有经济能力,可能故事的展开又是完全不一样的局面。

情与知的对立

冬香真是一条道走到黑的女人啊。

其实对丈夫来说,她是个很过分的女人。只不过倒挺表里一致的,那些洁癖啊、小气啊,一旦爱上一个男人,全都化为出人意料的热情,一股脑倾注到那个男人身上。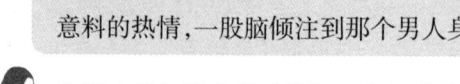

 和刚才说的那位享受外遇的人妻形成鲜明对照。

那位女士啊……

 嗯?

肯定获得了绝对的性高潮。

绝对的性高潮……

绝对的性高潮……

女人从一个男人那里明白真正的性高潮后,就不会再把注意力逐一转移到其他男人身上。这么说大概还是太浅了。

说起来,我读《爱的流放地》时也看到这样一段:"我觉得自己那么爱身为外遇对象的他,但可能还是没有真正陷进去。"

就算不像冬香那样一门心思投入进去,实际上连性高潮都不懂的女人也出乎意料地多。性高潮没有男人的努力引导,是很难达到的。体验过性高潮与否,对于一个人对爱的看法影响极大。

 确实,我就不懂冬香的那种投入。

那一瞬间真能动到"想死"的念头吗?

真有了快感的话,真想就那么死掉。来个几次,真有时候会冒出想要在幸福的顶点死掉的心情。只是冬香在性高潮的顶点说"杀了我",是一种意思为"舒服得要死,再来再来,再让我舒服一点"的呼唤,太过贪心了。

 可是,菊治当真把冬香掐死了……

她说"杀了我",那就如她所愿了。这就是男人实事求是的一面。大部分男人都感受不到女人的那种性高潮。

 嗯?是吗?

男人和女人在性快感的程度方面完全不同。当然,男人在射精的瞬间就获得了相应的快感,但不会有迷失自己的那种强烈的欲仙欲死的性高潮。

 这还真是巨大的差异呢。

所以我们会数次谈到男人和女人不同啊(笑)。这种男女之间生理性的差异有时会引发令人意想不到的事情。男人和女人是两种如此不同的生物,所以不论在肉体上的交流多么深入,都始终不明白对方真正的好。也许大家更应该明白这一点。

 您说的我懂。我读了《爱的流放地》,也觉得不能轻视身体的差异。

近来,男女之间的生理差异被遗忘了,一提"男女不同"就被反驳:"哪有这回事!人和人都一样。"可是人的身体和生理历经百年千年并没有任何变化。现在虽然表面上看,风俗习惯和价值观在急速变化,但认为生理上也变了的想法肯定是错的。

 现在妻子们出轨大行其道,一出轨就八匹马都拉不回来,非要离婚,估计也有这方面的原因。

就算刚开始没太当回事,一朝醒悟时,还是被"只能爱一个男人"的女性生理特点所支配,最终只认一个了。女人的精力集中在一个男人身上,而男人的性欲太强总是找女人,这一点千百年以来从未改变分毫,可人们偏偏由着自己的想法行事,二者之间的分歧越来越大。

现在信息量超大,充斥着大家的大脑。

恋爱和结婚的烦恼可能也是来自这里。

《爱的流放地》的另一主题出现在后半段,法官的裁决。

菊治被裁定杀害冬香有罪。

在此做出裁决的是爱和渴望。但是,那是人的情之所至。当然了,从道理上是难以解释清楚的。由法律或者逻辑这些"知"做出裁定,就会产生问题。

"知"?

法律是由具有知性的所谓男性精英制订的,终究是基于逻辑的产物,未必与人类的情感相容。但现实中,人是极容易被情感左右的生物。一个地位高高在上的男人因为"讨厌那个家伙",就能让属下降职。

我经常在想,无视人类原本拥有的那种基本的情感部分,把爱和欲望放在一边,单纯用逻辑进行裁决究竟真的好吗?

婚姻是法律问题,而爱另当别论吧。

原本爱情就有超越逻辑的地方。所以,当听到法官做出裁决时,菊治大喊:"不是的!"菊治心中有着对冬香实实在在胜过一切的爱意,这个是无法用逻辑和刑法来裁决的。可是,这个很难用言语说清楚。现代社会的很多人都觉得法律在这方面已经亟待与时俱进了。

 我也有这种感觉。

 在爱里,实际感受最重要啊。

爱是无法用逻辑说明的,也跟学校里的学习毫无关系。当然,也不是父母可以传达给孩子的,也不会像科学技术一样不断进步。唯有通过自身的体验和感性才能学到,所以对人类来说将是一个永远的主题。

 这一点我很清楚。

 我也能够理解了。

理解什么了呢?

 为什么听了那么多先生的话,自己的恋情还是没有进展的原因。归根结底,不亲自体验一下都是白搭。这一点我要牢牢记在心里。

这个不亲身实际体验一下也是说了白说哦。不过,为你加油(笑)。尽管如此,男人和女人在性方面有着无法想象的差异,而且爱自有其超越逻辑之处。冬香和菊治的故事就是在这个夹缝里发生的一个象征性的事件。能让你们了解到这些,我心甚慰。

话题 28 / 形形色色婚姻形态的时代到来了

 前面(话题 26)聊过目前的婚姻存在问题这个话题。

 离婚也不断增多,感觉到婚姻的形式在发生变化。

 像我们这样从事工作、能够自立的女人变多了。

> 那又如何呢？

 嗯？不对吗？

> 确实,在东京这样的大城市里,像你们这样有独立生存能力的女人在增加。拥有了和男人不相上下的经济能力,可以凭着自己的意志选择单身,离婚也能自由地生活,这样的女人在男女关系方面也在追求全新的形式。不过这只是东京这一个地方的现象。

 是吗？

> 在东京以外的小地方,女人在婚后还是依赖于丈夫的经济能力,生儿育女,这是普遍现象。不管到什么时候,未婚或者离婚的女人背地里被称为"剩女"或"泼出去的水",遭受这种恶意指责的不在少数。只要一说"我们分居了",就有"那对夫妻很奇怪"的流言传出来。

> 就像涩谷的流行风尚难以被山野乡间所接受一样,东京和小地方在对婚姻的宽容度上也有很大差距。小地方的女人即使

有一定经济能力,她们工作的场所也被限定于信用金库、JA、市政府这种机构,选择面很窄。

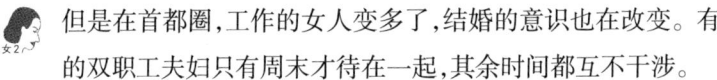
但是在首都圈,工作的女人变多了,结婚的意识也在改变。有的双职工夫妇只有周末才待在一起,其余时间都互不干涉。

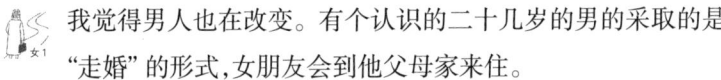
我觉得男人也在改变。有个认识的二十几岁的男的采取的是"走婚"的形式,女朋友会到他父母家来住。

那也是仅限于大城市的现象,彼此互不干涉,近乎同居伙伴,包括走婚这种形式,大概都是在逃避婚姻的责任。现在很多年轻男子不肯结婚,这也是因为大家不光对婚姻,对工作的想法也发生了变化。

较之过去那样进入一家大型企业,一辈子当个公司职员安安稳稳度日,更想成为创业家,试试自己到底有多大可能性。为了达到这个目标,现行的婚姻模式有所限制,就对结婚退避三舍。相比而言,反倒是女人没大变化,城市里的职业女性还是很渴望婚姻。

确实,很多女人都希望婚姻工作双丰收。

那是因为不管经济实力再怎么强,紧紧把握住喜欢的男人是身为女人的本能。任凭妆容和时装怎么变化,言语词汇怎么时髦,这种根深蒂固的部分不会变。

好像是这么回事。

当然,我也明白你们的意思。跟以前相比,以大城市为中心,婚姻呈现出形形色色的样态,而且今后还会涌现更多。比如

231

采用周末婚姻和分居婚姻的形式，以不入籍的形式同居之类的。

是会演变成形形色色的样态哦。我想，选择有伴侣但不结婚的人会变多。

过去，不管男女，到了一定年龄，无论其本人怎么想，最后都会走进婚姻。从这个意义上来说，之前的婚姻是一种基于周围压力而来的"压力婚"，或者说被威胁"不快点就嫁不出去了"之类的"胁迫婚"（笑）。不过，最近这些压力消散了很多。

我从没想过自己会出于妥协而结婚。我觉得要说养儿育女，婚姻倒是个很好的体系。

自古以来婚姻的好处大致分为三点。首先是绵延子嗣，其次是依附于某人，从而获得安心感，然后对于男人来说最重要的一点是，性欲可以稳妥地得以满足。

不过在现实生活中，男人结了婚也不过性生活了，年轻时没有相依相偎的人也并不在意。所以，如果不考虑生孩子这件事，结婚的优点就所剩无几了。有人会在上了年纪后感觉寂寞，但婚姻生活里也有比寂寞更可怕的繁琐。于是人们可以权衡利弊，做出各自的选择。

上了年纪未必寂寞吧？我目前也没有结婚的想法，大概到了五十岁以后再考虑吧。

或许今后超过五十岁再老来伴的婚姻会不断增多。那个时候男人女人的身心都在走向虚弱，于是出现"虚弱婚"或者"保险婚"。（笑）

怎么听起来不大好听呢。比如,"听说最近女2虚弱婚了。"(笑)

"女1保险婚了。临近八十岁大关了。"之类的。(笑)

这些婚姻也是其中一种选择,的确有比没有好吧?

一夫一妻制的崩坏

之前聊过好几次一夫一妻制的问题。

您提到这不符合人类的生理。

在动物世界里,强壮有力的雄性理所当然获得很多雌性,人类创造的资本主义社会也承认这种意义上的不平等。然而唯独异性关系必须要求是一对一的平等。

实际上,在现在的日本社会,大部分人都在信奉一夫一妻制,但也存在打破既定框架的不满和欲求。一夫一妻制不光是违反男性,也违反了女性的生理。女人具有时时努力俘获最佳对手的本能,所以可能在二十几岁时觉得 A 好,到了三十多岁又想和 B 结合。

至少希望能有随时从头来过的自由。

但按照现在的制度,基本上一旦结婚,就要求不管男人还是女人,这辈子只能爱这一个人,只能跟这一个人上床,想来也是个令人生畏的制度。尤其当今的一夫一妻制成为问题的原因在于规定大家全都要做同样的事。

是吗?

把同一价值观强加给普通大众,要求全体必须整齐划一,纳入框架,这是不正常的产物。

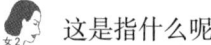 在这个框架里也有很多貌合神离的家庭。夫妻之间毫无感情,但为了面子还过在一起。

在框架内生活比较轻松,所以只是努力改变一下形态。脱离框架生存比较困难。日本人通常都比较"珍惜小小的幸福"。

这是指什么呢?

温柔善良又诚实的男人在社会上默默无闻地终其一生就是幸福之类的。满头白发的老夫妻在长廊下一边喝茶一边相互慰藉:"这一辈子平平凡凡,但你我能够安安稳稳度过一生就挺好。"(笑)

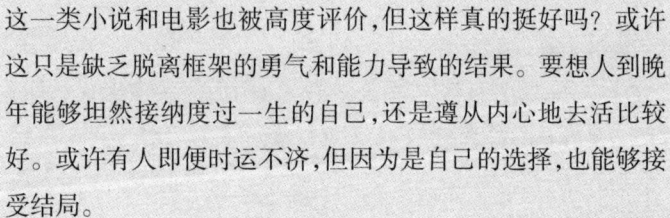

这一类小说和电影也被高度评价,但这样真的挺好吗?或许这只是缺乏脱离框架的勇气和能力导致的结果。要想人到晚年能够坦然接纳度过一生的自己,还是遵从内心地去活比较好。或许有人即便时运不济,但因为是自己的选择,也能够接受结局。

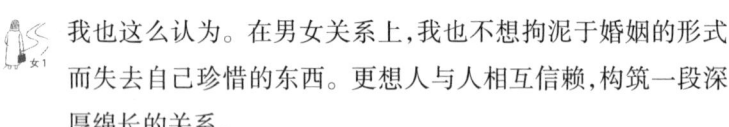

我也这么认为。在男女关系上,我也不想拘泥于婚姻的形式而失去自己珍惜的东西。更想人与人相互信赖,构筑一段深厚绵长的关系。

我在憧憬一份小小的幸福:上了年纪后,跟喜欢的人一起在长廊下品品茶。

你啊,没啥希望,估计只能憧憧憬憬了。(笑)

太过在意一般都会偏离目标。所以结婚、离婚,挺忙活的。

 那是因为行动时没深入思考(笑)。不过,这都是跟随自己内心的选择,结局自己也能接受吧。正因为如此,今后的男女关系会更自由。有人想结婚就结,不想结就不结。

 有人更享受婚外恋,也有人坚决抵制出轨。当然,我想也会有人不断结婚、离婚,周而复始。不论做出怎样的选择,都能相互认可,彼此接受。挥洒各自的个性,百花齐放,更能展现个人的姿态,更加鲜活。

男人和女人是不同的生物

 我们的谈话聊了这么久了,始终在密切关注男女话题。

 可谓获益良多。

 我负责先生这一块工作有二十三年了,一直倾听先生的教导,某种程度上了解了男女之间差异。通过这次对谈,再次为男人竟然把性生活看得那么重吃了一惊。之前真没想到会重视到这个程度。(笑)

 我读的是男女同校,也体验过了婚姻,自以为已经够了解男人了,但还是有很多事情到现在才恍然大悟。没想到男女之间有这么不同。

 因为通常不会像这次座谈会一样那么长时间、深入地聊男和女、爱和性的话题。从这个意义上来说,这里会有一般聊天看不到的发现。(笑)

当然,也有还是没法理解的事。我觉得肯定有比起肉欲更重视心灵的恋爱,也想了解一下始终珍惜一个人的女人的内心活动。可是,现在懂了,世上总有跟自己迥异的想法和感受,所以也能接受这些差异了。

读者中也有这样的人呢。我发现的是,女人总是以自我为中心,不能设身处地地为男人着想。很多人总是不断抱怨说丈夫不关注自己,不珍惜自己,可男人女人就是这么不一样,所以还是换位思考一下比较好。在理解二者差异的基础上改变看法,可能就不会为了芝麻小事反目成仇了。

的确,女人比男人更自我中心。过去平塚雷鸟就发布过自立宣言:"元始,女性是太阳。"就算她不说,女人从古至今也一直是太阳,是世界的中心。

但是以自我为中心也是女性奔向明天的力量哦。

这对人类来说也有其意义。如果没有自己是世界中心的意念,是难以做到怀孕、生育这些大事的吧。

理性考虑的话,的确是做不到那些可怕的事(笑)。所以,我觉得这样挺好。女人觉得自己是太阳,男人和女人时不时吵吵,谁也离不开谁。

有碰撞才能加深关系,从中发现自我。

日本人总想马上融入他人,希望和他人交往时,就必须一边吵架、争论,一边认同对方的立场。再看看中国人和美国人,唇枪舌剑之后,还是一团和气。我和你意见不合,生活方式不同,但我很喜欢你。所谓对立的融合,我想这才是真正的友情。

这一点也适用于男女之间。

一方面承认不同之处,另一方面注意到对方的人情味。经过这次对谈,我能更加体谅男人了。

真的吗?我不那么认为。

还有一个发现,就是女人之间总是意见不合。开始座谈之前,还以为大家志同道合呢。

我们没法一起跳集体舞。(笑)

嗯,你们有着根本性的差异。不过这样也好。就像刚才说的,人们各有不同,但都很了不起。

先生,您和我们聊下来有什么发现吗?

一个是对于男人和女人的差异更加明晰了,另一个是细致观察到了女人之间的差异。相比男人,女人更具文学性,因为女人更富于变化,是种非理性的生物。

看看你们俩,让我再一次更加了解了这一点。尤其是女人不能和女人凑到一起。女人远比男人多姿多彩、富于变化。深刻地认识到这一点,真的收获很多。谢谢二位。(笑)

我们才该谢谢。

对我们今后大有裨益。

后 记

这部作品是以2003年3月到2005年12月期间在《妇人公论》上连载的内容为主汇编而成的。

其构成是以女1和女2二位向我提问,我们相互交换意见的形式推进的。偶尔加入其他女性嘉宾。

就内容而言,我认为每个人都有各自各种各样的意见,唯一想要讲的,就是"男女不同"这一事实。

男人女人都是人,男人里有极为女性化的,女人里也有极为男性化的。

但是,这些表面上的东西另当别论,二者在身体构造和生理上与生俱来的差异相当大,这是绝对的。

所以并不是难以相容,而是正因如此才更要在认识到彼此是不同生物的基础上相互接受,这样男人和女人、丈夫和妻子的关系必定能够更加和谐,更加有爱。

本书的标题是基于这样的视角而取的,所以从哪里开始读都没关系。轻轻松松地翻开了书页,共鸣、不同意见,什么都好,只要您愿意告知您最率真的感想,就是我的荣幸。

渡边淳一
2006年7月25日

图书在版编目（CIP）数据

男人是动物　女人是植物 /（日）渡边淳一著；姚东敏译 . — 青岛：青岛出版社，2019.1
ISBN 978-7-5552-6837-6

Ⅰ . ①男… Ⅱ . ①渡… ②姚… Ⅲ . ①随笔 – 作品集 – 日本 – 现代 Ⅳ . ① I313.65

中国版本图书馆 CIP 数据核字（2018）第 278613 号

これだけ違う　男と女 by 渡辺淳一
Copyrights©2006 by 渡辺淳一
This edition arranged through OH INTERNATIONAL CO. LTD.
Simplified Chinese edition copyrights ©2019 by Qingdao
Publishing House Co.，Ltd.
All rights reserved .
简体中文版通过渡边淳一继承人经由 OH INTERNATIONAL 株式会社授权出版
山东省版权局著作权合同登记号 图字：15-2017-237 号

书　　名	男人是动物　女人是植物
著　　者	（日）渡边淳一
译　　者	姚东敏
出版发行	青岛出版社
社　　址	青岛市海尔路 182 号（266061）
本社网址	http://www.qdpub.com
邮购电话	13335059110　0532-68068026
策　　划	刘　咏　杨成舜
责任编辑	张姗姗
特约编辑	王　伟
封面设计	末末美书
照　　排	青岛佳文文化传播有限公司
印　　刷	青岛国彩印刷有限公司
出版日期	2019 年 1 月第 1 版　2019 年 1 月第 1 次印刷
开　　本	大 32 开（890mm×1240mm）
印　　张	7.75
字　　数	200 千
印　　数	1-10000
书　　号	ISBN 978-7-5552-6837-6
定　　价	39.00 元

编校印装质量、盗版监督服务电话　4006532017　0532-68068638
本书建议陈列类别：日本・畅销・随笔